EVE D. ABERNATHY

LUST

Dunkel-erotische
Kurzgeschichten

Eve D. Abernathy

LU ST

Dunkel–erotische Kurzgeschichten

Dieser Titel ist auch als E-Book erschienen.

Bibliografische Information der Deutschen
Nationalbibliothek: Die Deutsche
Nationalbibliothek verzeichnet diese Publikation
in der Deutschen Nationalbibliografie; detaillierte
bibliografische Daten sind im Internet über
dnb.dnb.de abrufbar.

Deutsche Erstausgabe: Dezember 2021
Coverabbildung & Innenillustration: pixabay.com
© 2021 Eve D. Abernathy

Herstellung und Verlag: BoD – Books on Demand,
Norderstedt

ISBN 978-3-7557-6985-9

1. Giulia

2. Matteo

3. Hollie

4. Page

5. Naomi

6. Mason

7. Heath

8. Deborah

9. Alan

10. Kate

11. Callum

12. Dexter

13. Amy

14. Jackson

15. Carol

16. Bridget

I swear to you
I won`t stop
until your legs are shaking
and the neighbours
know my name.

Giulia

Mein Gehirn fühlt sich an, als würde es gekocht. Schweißperlen bahnen sich ihren Weg aus meinem Haaransatz, bewegen sich, zuckersüß quälend, fast unerträglich langsam über meine Stirn und tropfen in steter Gleichmäßigkeit von meiner Nasenspitze herab auf den kahlen Betonboden und zwischen meine nackten Füße.

Ich zergehe vor Hitze.

Obwohl ich an diese Temperaturen durchaus gewöhnt bin, ist es mir gerade kaum möglich, auch nur einen klaren Gedanken zu fassen. Seit einer Ewigkeit sitze ich hier demütig auf diesem Stuhl und warte. Warte darauf, dass er etwas sagt, sich bewegt, mich berührt … dass er *irgendetwas mit mir macht*!

Die Zeit scheint still zu stehen, und trotz der gleißenden Sonnenstrahlen, die diesen Flachbau mit seinem dunklen Dach zum Kochen bringen, breitet sich immer dann eine Gänsehaut auf meinem Körper aus, wenn ich seinen Blick auf mir spüre. Diesen intensiven Blick aus fast schwarzen Augen, so durchdringend, so gierig, so wild.

»Matteo«, höre ich mich sagen. Ich spüre seine Nähe und wittere ihn wie ein Tier. Doch ich wage nicht, mich zu rühren. Ich weiß, wie empfindlich er darauf reagiert und möchte diesen Moment zwischen uns auf gar keinen Fall zerstören.

Meine Arme, die er hinter meinem Rücken am Stuhl festgezurrt hat, sind längst eingeschlafen, doch vor lauter verdrehter Emotionen kann ich nicht behaupten, dass es mich sonderlich stören würde. Ich kenne dieses Spiel, denn dieser geheime Treffpunkt hier ist mittlerweile zu unserem regelmäßigen Ritual geworden.

Ein plötzlicher Lufthauch lässt meine Nippel noch härter werden, als sie eh schon sind. Sein Atem brennt in meinem Nacken, seine Fingerspitzen elektrisieren jeden Millimeter meiner Haut, die er berührt. Matteo steht jetzt direkt hinter mir und ich spüre, wie sehr ihn mein Anblick erregt. Gefesselt, devot, nackt.

Er lässt seine feingliedrigen Finger durch meine langen Haare gleiten, greift sie zu einem Zopf, den er um seine Hand wickelt, um ihn dann mit einem gezielten Ruck nach hinten zu ziehen.

»Sieh mich an, Giulia«, befiehlt er.

Seine Stimme ist dunkel und rau. Ich höre die Erregung in ihr und öffne die Augen, nur um auf der Stelle in seinen zu versinken.

Ganz langsam beugt er sich zu mir herab, einen diabolischen Ausdruck im Gesicht. Seine Zunge streicht sanft über meine Lippen, ohne sie zu teilen, wandert weiter, liebkost meine Wangen, mein Kinn, trinkt die Schweißperlen meiner Stirn und sorgt dafür, dass sich alles in mir lustvoll zusammenzieht.

Ein Stöhnen kommt ungefragt über meine Lippen, was ihn dazu animiert, noch ein bisschen fester an meinen Haaren zu ziehen und über Kopf an meinen Lippen zu knabbern, die ich ihm hungrig präsentiere.

Noch immer steht er hinter mir, doch Matteos Gesicht ist so nah, dass seine langen, schwarzen Haare, die immer ein wenig herb nach Meer und Freiheit duften, meine nackte Brust liebkosen, während er sich meinem Kuss hingibt, mit seiner Zunge meine Lippen teilt und mich ihn endlich schmecken lässt.

»Du bist zu ungeduldig, Giulia«, mahnt Matteo mich, weil mein Körper sich bereits lustvoll unter seiner Liebkosung windet.

Zur Strafe entfernt er sich wieder, lässt mich schwitzend frösteln und meine Haare achtlos zurück über meine Schultern fallen. Selbst diese Berührung wirkt wie ein Stromschlag und ich spüre, wie die pochende Hitze zwischen meinen Beinen bereits unnachgiebig um Erlösung bettelt.

Doch ich kenne ihn. Er wird mir diese Erlösung noch lange nicht schenken. Im Gegenteil. Je mehr ich mich danach sehne, desto mehr wird er mich leiden lassen. Er will meine Lust bist auf den letzten Tropfen spüren, will mich bis zum Äußersten treiben, bevor er mir gibt, wonach ich verlange.

»Spreiz die Beine!«, weist er mich da auch schon an. Ich bemerke, dass er sich mir nun langsam von vorne nähert und gehorche.

Matteo ist ebenfalls nackt. Sein muskulöser, braungebrannter Körper fasziniert mich immer wieder aufs Neue. Nahezu jede Körperstelle unterhalb seines Halses zieren Muster und Schriften aus dunkler Tinte und ich entdecke auch nach all der Zeit, die wir bereits miteinander verbracht haben, immer wieder Neues an ihm. Seine dicken, schwarzen Haare hängen glänzend herab, sein Blick fixiert mich und seine Nasenflügel blähen sich ein ganz kleines bisschen auf, als er den Blick tiefer wandern lässt und mit glasigem Blick meine intimste Stelle begutachtet.

Seine pralle Lust wird dabei noch ein bisschen größer, was ich voller Genugtuung registriere und deshalb meine Beine noch ein Stückchen weiter für ihn auseinander drücke. Matteos Schwanz ist riesig und ich weiß, dass er damit noch lange nicht jede Frau ficken kann. Aber mich schon. Ich bin bereit für ihn. Mehr als bereit, mich von ihm zerteilen zu lassen.

Er kommt näher. Ich erkenne überdeutlich jede gespannte Ader auf seinem Ständer und sehne mich danach, den glänzenden Metallring an seiner Spitze in mir zu spüren. Doch so weit sind wir noch lange nicht.

Ohne den Blick von meiner glänzenden Perle zu nehmen, kniet er sich nun vor mich auf den harten Boden. Ich kann mich kaum noch zusammenreißen. Mir ist unfassbar heiß und ich verglühe alleine bei der Vorstellung dessen, was er gleich mit mir anstellen wird.

Ohne Vorwarnung schiebt Matteo seinen Finger in mich und ich bäume mich ihm mit aller Kraft entgegen, nehme alles, was er mir zu geben bereit ist, so tief in mir auf, wie ich nur kann. Erst einen Finger, dann zwei, drei…

Ich keuche laut und es ist vorbei. Ich fühle mich auf der Stelle einsam, leer, alleine. Er hört einfach auf, zieht sich zurück, entschwindet meinem Blickfeld.

»Schließ die Augen, Giulia!«, donnert er, und ich gehorche. Wie immer, wenn er befiehlt. Zwischen meinen Beinen lodert ein Feuer und die Haare kleben mir mittlerweile feucht im Gesicht.

Ich hasse es, wenn er mich so hinhält. Ich liebe es, wenn er mich so quält. Ich brauche dieses Feuer, das er jedes Mal aufs Neue in mir entfacht.

Wieder spüre ich seine Nähe. Er hat mich nicht verlassen, er ist noch immer hier, schleicht wie ein Raubtier um mich herum. Ich halte krampfhaft die Augen geschlossen, spreize jedoch noch immer fordernd meine Beine, präsentiere ihm schamlos meine blank rasierte Mitte und erzittere bereits bei der puren Vorstellung, seinen harten, monströsen Schwanz in mir zu spüren, ihn zu reiten, zu massieren, zu liebkosen und mit ihm tief in mir gemeinsam zu explodieren.

Ich schreie laut auf, als der Wasserstrahl mich unerwartet trifft. Hart. Kalt. Unnachgiebig.

»Eine Abkühlung, Giulia«, erklärt Matteo schneidend und richtet den Wasserschlauch direkt zwischen meine weit geöffneten Beine. Ich biege mich ihm keuchend entgegen. Splitterfasernackt, vollkommen durchnässt und an den Stuhl gefesselt bin ich ihm komplett ausgeliefert.

Kaum hat er das Wasser abgedreht und den Schlauch auf den Boden geworfen, ist er bei mir, kniet neben mir, öffnet endlich die Fesseln und lässt mich japsend frei. Doch er ist noch immer nicht fertig mit mir, legt mich bäuchlings über den nassen Stuhl, reibt seinen Schwanz drängend an mir und massiert dabei grob meinen Po, der sich ihm nun weiß und prall entgegenreckt.

»Besser?«, fragt er scheinheilig, doch ich weiß, dass er keine Antwort erwartet. Er ist der Boss. Und egal, was Matteo mit mir anstellt, ich will, dass er auf gar keinen Fall damit aufhört!

Als seine Finger sich erneut in mich schieben, dränge ich mich ihm ungeduldig entgegen, was mir einen kurzen Klaps auf den Hintern einbringt.

»Halt endlich still, Giulia!«, seufzt er gereizt, doch ich weiß, dass er nachsichtig mit mir ist und dränge mich erneut an seinen Körper. Der nächste Klaps wird fester. Ich stöhne erregt und höre nicht auf, mich ihm weiter zu widersetzen.

»Du willst es also auf die harte Tour?« Das ist wieder keine Frage. In einer fließenden Bewegung hat er mich vor dem Stuhl platziert und selber darauf Platz genommen. Seine Hand umfasst erneut meine Haare und ich weiß, was jetzt kommt. Ich habe es darauf angelegt.

Lüstern lecke ich mir über die Lippen und wage es, meinen Blick zu heben.

Seine Mundwinkel zucken amüsiert, doch seine Hand ist unerbittlich und drängt meinen Kopf nun in seinen Schoß, lässt mich nicht los, bis ich meinen Mund öffne und er sich mit seiner gesamten Pracht bis tief in meinen Rachen schieben kann.

Mir kommen die Tränen, doch ich unterdrücke gekonnt meinen Würgereiz, nehme ihn willig in mir auf, sauge an ihm, lasse meine Zunge spielen, spüre das Metall an meinen Zähnen und gebe keine Ruhe, bis auch ihm endlich ein Stöhnen entweicht und ich mit seinem Schwanz im Mund grinsen muss.

»Lachst du mich aus, Giulia?«, höre ich seine keuchende Stimme und der Griff an meinem Hinterkopf wird fester. Doch ich sauge so feste an seinem Schwanz, dass ich sein Zittern spüre. Er denkt, er hätte hier das Sagen, doch das Gegenteil ist der Fall. Ich bekomme immer, was ich will!

Kräftige Hände heben mich mühelos hoch, platzieren mich nun mit willig gespreizten Beinen auf seinem Schoß, lassen seine nasse Schwanzspitze meine geschwollene Klit massieren, bis ich erneut aufstöhne und ihm ebenfalls ein kehliger Laut entfährt, der alles zwischen uns zum Erbeben bringt.

Endlich.

Matteo drängt mit seiner Härte zwischen mich, teilt meine Spalte, stößt zu und schiebt sich so tief in mich hinein, dass ich hemmungslos aufschreie vor Lust.

»Komm für mich, Giulia«, keucht er, und ich gehorche.

Seine fordernden Stöße werden immer härter, fester, schneller und ich vergrabe meine Hände in seinen

Haaren, übernehme die Kontrolle, spüre, wie auch er zu beben beginnt. Matteo kämpft, während er sich immer tiefer und härter in mich drängt, bis er schlussendlich in einem animalischen Laut explodiert und seine glühende Leidenschaft in mir verteilt, während ich noch immer seinen Namen stöhne.

Matteo

Oh Giulia, wenn du wüsstest, was du mit mir anstellst! Schon auf dem Weg zu unserem Treffpunkt drängt mein Schwanz sich so hart gegen die unbequeme Naht meiner Jeans, dass ich es kaum ertragen kann.

Ich bin dir restlos verfallen, doch das werde ich niemals zugeben! Deine Anmut, deine Grazie, dein unschuldiger Blick und dein viel zu loses Mundwerk sind eine einzigartige Komposition, deren Zauber ich mich nicht entziehen kann.

Ich bin gerne der Boss, Giulia. Und ich liebe es, wenn du mir vorspielst, als wäre das okay für dich. Ich werde hart bei dem Gedanken, dass du mir gehorchst. Doch das tust du nicht. Alles, was ich von dir fordere, willst du noch mehr als ich. Ich kenne dich. Ich kenne das Feuer in dir und weiß, wie sehr mein Schwanz dich in Ekstase versetzen kann. Als ich den abgedunkelten Raum betrete, erwartest du mich bereits. Nackt sitzt du auf dem einzigen Stuhl mitten in dem alten Waschraum des stillgelegten Schwimmbads, wohlwissend, dass hier niemand anderes Zutritt hat.

Nur du und ich, Giulia. Dein Professor. Dein Mentor. Dein Boss. Wir sollten das nicht tun, Giulia.

Deine Haltung ist devot, so wie ich es dich vor langer Zeit bereits gelehrt habe. Dein Kopf ist gesenkt und du starrst erwartungsvoll auf deine nackten, perfekten Füße. Sehr gut, Giulia. Seit wir es das erste Mal miteinander getrieben haben, hast du viel dazugelernt.

Leise stelle ich meine Tasche in die Ecke, schlüpfe aus meinen Schuhen, entledige mich meiner Hose und dem eng anliegenden Hemd, welches ich nur hier an der Uni trage. Als dein Professor. Als Beschützer meiner Studenten. Oh ja, Giulia. Ich beschütze dich!

Du hast mich längst bemerkt, das erkenne ich an deinem beschleunigten Atem. Aber du rührst dich nicht, denn du weißt, was das für dich bedeuten würde. Also wartest du auf mich mit deinen harten Nippeln, die schon jetzt nach nichts anderem als Erlösung schreien.

Ich werde es dir heute nicht leicht machen, Giulia. Du hast mich während der Vorlesung bis aufs Blut gereizt und ich konnte ewig nicht hinter meinem Rednerpult hervortreten, weil deine lasziven Gesten und dein Blick mir einen ausdauernden Ständer beschert haben. Dreimal habe ich den Faden verloren, weil du, alleine in der ersten Reihe sitzend, mir Einblicke unter deinen Rock erlaubt hast, die mich jede physikalische Formel der Kraft haben vergessen lassen. Ich werde dir gleich ganz praktisch erklären, welche Kraft ich besitze, Giulia. Aber erst wirst du leiden, meine Schöne. So, wie du es brauchst.

Schnellen Schrittes trete ich hinter dich und verknote das bereitliegende Seil, durch welches du deine geschickten, langgliedrigen Finger längst geschoben hast, an deinen Handgelenken fest. Ein Schauer geht durch deinen Körper, doch ich entferne mich wieder, trete in die Dunkelheit, beobachte dich, bin auf der Pirsch.

»Matteo«, hauchst du irgendwann leise, doch ich gebe mich nicht zu erkennen, warte im Schatten, begutachte zufrieden meinen Schwanz, der bereits prachtvoll in die Höhe ragt.

Auf nackten Füßen schleiche ich mich an dich heran, inhaliere den Duft deiner wilden Mähne und lasse meine Fingerspitzen durch deine Haare gleiten, bevor ich sie packe und deinen Kopf zu mir nach hinten ziehe. Es ist verdammt heiß hier drin, denn die Sonne knallt unbarmherzig auf das schwarze Flachdach dieser stillgelegten Halle.

Dir stehen bereits die Schweißperlen auf der Stirn und ich sehe den dünnen Schweißfilm auf deiner Haut, der zwischen deinen perfekten Brüsten verschwindet.

Deine Brüste. Ich puste ein wenig in ihre Richtung, weil ich darauf stehe, wie deine Nippel darauf reagieren. Fasziniert beobachte ich, wie sie immer härter werden und sich genauso steil aufrichten wie mein Schwanz, der sich schon jetzt hart in deinen Rücken bohrt.

»Sieh mich an, Giulia!«, befehle ich, und dein elektrisierender Blick trifft auf meinen. Langsam beuge ich mich tiefer, necke dich mit meiner Zunge, streife über deine zarten Lippen ohne sie zu teilen, was dich rasend macht. Ich weiß, Giulia. Du musst dich noch gedulden, meine Liebe. Ich zeige dir nur, worauf du dich freuen kannst.

Dann höre ich dein leises Stöhnen und verstärke meinen Griff. Kurz werde ich schwach und gebe dir, wonach du verlangst, teile mit meiner Zunge deine Lippen, schmecke die Wollust und Gier darin. Du bist so herrlich verdorben.

»Du bist zu ungeduldig, Giulia«, mahne ich dann und lasse deine Haare los, ziehe mich zurück, lasse dich alleine, zeige dir, wer das Sagen hat. Doch ich halte es nicht lange aus.

»Spreiz die Beine«, befehle ich deshalb barsch und kann kaum glauben, wie geil mich dein plötzlicher Gehorsam macht. Ich trete wieder aus dem Schatten und nähere mich nun langsam von vorne. Du schweigst, doch dein Blick liegt auf mir, verschlingt mich.

Ich weiß, dass ich gut aussehe. Meine muskulöse Statur und der italienische Einstich, den ich meiner Mutter zu verdanken habe, wirkt auf euch Frauen wie ein Magnet. Mein opulenter Ständer mag reizvoll auf die Damenwelt wirken, doch ich habe damit schon so manch williges Frauenzimmer an ihre Grenzen gebracht. Meine Schwanzgröße liegt deutlich über dem Durchschnitt und ich stehe nicht auf langsamen und zärtlichen Blümchensex. Es ist schwer, die passende Partnerin zu finden, wenn man ordentlich ficken will.

Es gibt mehr als genug Interessentinnen, gar keine Frage. Als Universitätsprofessor scheine ich gerade bei den blutjungen Studentinnen echten Eindruck zu hinterlassen. Und ich habe in der Tat bereits viele von ihnen gefickt. Es war immer einvernehmlich.

Den meisten habe ich dabei dennoch Schmerzen bereitet, weil sie ihre Aufnahmefähigkeit bei Weitem überschätzt und meine warnenden Worte nicht ernst genug genommen haben. Doch das tut jetzt nichts zur Sache, Giulia. Du bist anders.

Deine glänzende Spalte raubt mir gänzlich den Verstand. Du beobachtest mich noch immer und spreizt deine Beine noch ein klein bisschen weiter, nur um mich zu provozieren und aus der Reserve zu locken, was du auf der Stelle schaffst. Ich knie mich vor dich, kann den Blick nicht abwenden und sehe, wie deine Muskeln sich bereits rhythmisch zusammenziehen. Du bist so feucht, dass ich verrückt werde. Ich rieche dich, Giulia, und dein betörender Duft lässt mich rot sehen, lässt mich meine fordernde Zurückhaltung aufgeben und ich komme deinem Wunsch nach Erlösung ein Stück entgegen, indem ich meine Finger tief in dich schiebe.

Du bist so weich, so warm, so perfekt, reckst dich meinen festen Stößen entgegen, nimmst jeden Finger freudig auf, den ich in dich schiebe. Dann stöhnst du laut auf vor Lust und holst mich damit zurück in diese Welt.

Du stöhnst, Giulia! Ich habe dir gesagt, dass ich das nicht zulassen kann, auch, wenn es mir schwer fällt. Auf der Stelle ziehe ich meine Hand zurück und lasse dich leiden, sehe, wie die Lust in Bächen aus dir fließt und an meinen geschickten Fingern klebt.

»Schließ die Augen, Giulia!«, bestimme ich herrisch und lecke mir gierig deinen Saft von den Fingern.

Deine Lider flattern, während du unruhig auf dem Stuhl herumrutschst und mich damit nervös machst. Geschwollen leuchtet mir deine willige, unersättliche Klit entgegen. Mein Schwanz verzehrt sich nach dir, doch ich muss dich bestrafen. Du darfst verdammt nochmal erst stöhnen, wenn ich es dir erlaube, Giulia!

Als ich mit dem harten, eiskalten Wasserstrahl genau auf deine Erregung ziele, schreist du auf vor Schreck, Schmerz und Lust. Ich komme fast, als ich dir dabei zusehe und die Wassertropfen beobachte, die aufgeregt auf deinen Titten tanzen. In letzter Sekunde kriege ich meinen Schwanz wieder unter Kontrolle und keuche ebenfalls laut auf, was du dank des zischenden Wasserstrahls nicht hören kannst.

Was für ein Glück, Giulia! Schnell drehe ich das Wasser wieder ab und eile zu dir, löse die Fesseln an deinen Händen und gebe dir ein paar kostbare Sekunden Zeit, um nach Luft zu ringen, bevor ich dich bäuchlings über den Stuhl lege und dein Hinterteil massiere.

»Besser?«, frage ich beiläufig, während ich erneut meine Finger in dich schiebe. Dein Arsch ist perfekt, Giulia, und ich bin kurz versucht, dich hier und jetzt von hinten zu ficken. Aber das haben wir noch nie getan und ich will dich nicht überfordern. Wenn dein Arsch noch Jungfrau ist, wird das eine ganz besondere Herausforderung werden, meine Schöne! Du drückst dich so gierig an mich, dass mein Schwanz mir zunehmend das Denken verbietet. Ich hole aus und lasse meine Hand auf deinem zarten Fleisch landen. Du zuckst zusammen, hörst aber nicht damit auf, dich weiter an mich zu drängen.

»Halt still, Giulia!«, seufze ich leicht gereizt, doch du widersetzt dich noch immer. Mein nächster Schlag wird fester, bewirkt aber nur, dass die Lust erneut in Bächen aus dir herausfließt. Meine unersättliche Giulia.

»Du willst es also auf die harte Tour?« Ich formuliere es als Frage, aber in Wahrheit hast du schon längst keine Wahl mehr. Erneut greife ich nach deinen Haaren, schiebe dich willig auf die Knie, während ich mich selber auf dem Stuhl platziere und dein Gesicht über meiner immensen Härte positioniere. Du leckst dir die Lippen und wagst es tatsächlich, mir einen aufreizenden Blick zuzuwerfen. Oh Giulia, du hast es nicht anders gewollt!

Ich ramme dir meinen Ständer bis zum Anschlag in den Hals und es ist mir egal, dass du zu Würgen beginnst. Ich weiß, dass du es willst und dein Mund in der Lage ist, meine ganze Pracht in sich aufzunehmen.

Dein Zungenspiel ist einzigartig, Giulia. Ich weiß, dass mein Piercing dich fasziniert, aber glaub mir, was du damit anstellst, durchzuckt mich bis tief in meine Eingeweide. Du saugst an mir und ich stöhne ungewollt auf. Deine Lippen verziehen sich auf der Stelle zu einem triumphierenden Grinsen.

»Lachst du mich aus, Giulia?«, keuche ich und drücke deinen Kopf noch fester in meinen Schoß. Dieses Saugen raubt mir den Verstand und ein wohliger Schauer geht durch meinen Körper. Es ist genug. Ich kann mich nicht länger zurückhalten. Du bist mein Untergang, Giulia. Meine Göttin. Nur du schaffst es, dass ich dir gebe, wonach du verlangst.

Es ist ein Leichtes für mich, dich auf meinen Schoß zu ziehen. Deine willig gespreizten Beine passen sich meinem Körper an und ich reibe meine empfindliche Spitze an deiner geschwollenen Spalte, bis keiner von uns beiden es mehr länger aushält.

Du schreist an meinem Hals auf vor Lust und ich lasse dich gewähren, schiebe mich immer tiefer in deine Spalte, drücke dich auf mich, zerteile dich einerseits und setze dich wieder zusammen, ramme mich so tief in dich, wie ich es noch nie getan habe, bin fordernd, rücksichtslos und unnachgiebig, genau wie du.

Unsere Bewegungen werden immer schneller, dein glitschiger, schweißnasser Körper und deine steinharten Nippel reiben sich an meiner Brust, bis du meinen Namen stöhnst und ich mich in dir verliere.

»Komm für mich, Giulia«, keuche ich, und du gehorchst

Lana

Dieser verdammte Baumschmuck bringt mich echt ins Schwitzen. Wenn ich hier im Fitnessstudio nicht nebenbei jobben würde und einen Ruf zu verteidigen hätte, wäre ich niemals auf diese Leiter gestiegen.

Verzweifelt kralle ich mich an den Sprossen fest und versuche krampfhaft mit einer Hand, diesen scheiß Stern auf dieser scheiß Baumspitze zu befestigen. Dabei auch noch eine gute Figur zu machen, fällt mir außerordentlich schwer und ich bemerke, wie meine Finger zu zittern beginnen.

»Brauchst du Hilfe?« Eine dunkle Stimme reißt mich aus meinen Gedanken und ich wage einen Blick nach unten, was mich auf der Stelle ins Wanken bringt.

»Ich …« ist alles, was ich noch über die Lippen bringe, dann beginnt sich alles um mich herum zu drehen.

Als ich wieder zu mir komme, liege ich rücklings auf dem Boden und ein besorgtes Augenpaar mustert mich ziemlich intensiv. »Oh mein Gott …!«, beginne ich und versuche, mich aufzurichten. »Bin ich etwa …«

»Sch… !« Sanft werde ich zurück nach hinten gedrückt, während diese Augen mich noch immer mit durchdringendem Blick betrachten. Mir wird heiß und kalt zugleich und ich schiebe es auf meinen leicht verdrehten Kreislauf.

»Du bleibst wohl besser mit deinen hübschen Beinen auf dem Boden, hm?« Jetzt schwingt ein wenig Belustigung in seiner Stimme mit, was mich die Stirn runzeln und ihn böse anfunkeln lässt.

»Ich bin abgerutscht, ich …«

»Klar«, nickt er nur. Seine Worte triefen vor Sarkasmus, doch trotzdem löst er in mir ein angenehmes Gefühl aus, was mein Herz schneller pochen lässt. »Deshalb bist du mir auch weiß wie ne Wand in die Arme geflogen. Bin auch schon besser angemacht worden. Ich glaub ich hab mir tatsächlich den Rücken verknackst, als du …«

»Ich bin dir *nicht* in die Arme geflogen. Und ich hab dich auch nicht angemacht. Als ob ich …«

»Sag doch einfach danke.«

»Danke?«

»Geht doch.« Zufrieden grinsend erhebt er sich und ich sitze wie bestellt und nicht abgeholt auf dem kalten Boden der Umkleide, in die er mich anscheinend gebracht hat. Sehr umsichtig von ihm, mich nicht den Blicken der anderen Besucher länger als nötig auszuliefern.

Verwirrt starre ich nun zu ihm auf. Was ich sehe, ist gar nicht mal so übel. Er ist groß, sicher eins neunzig. Unter dem Sportshirt zeichnen sich ziemlich ansehnliche Muskeln ab und sein Grinsen ist durchaus ansteckend. Der Typ ist definitiv heiß und reicht mir nun seine Hand, als ich versuche, mich aufzurichten. Mit Schwung zieht er mich auf meine noch immer leicht wackeligen Beine und direkt in seine Arme.

»Rücken verknackst?«, schnaube ich nach dieser Aktion ungläubig und ahme sein süffisantes Grinsen nach, was ihn fragend eine seiner Augenbrauen heben lässt. Sexy. Echt sexy.

»Soll ich dir bei diesem Monster von Weihnachtsbaum nun zur Hand gehen oder willst du mich weiter so anschmachten?«

»*Anschmachten*?« Empört stemme ich die Hände in meine Hüften und mache einen Schritt nach hinten. »An mangelndem Selbstbewusstsein leidest du schonmal nicht«, erkläre ich dann und schüttele ungläubig meinen Kopf.

»Hab ich nie behauptet. Aber du hast so Höhenangst, dass ich ernsthaft um deine Gesundheit besorgt bin, wenn du noch einmal auf diese Leiter steigst.«

»Warum zur Hölle willst du mir helfen?«

»Keine Ahnung«, antwortet er nun schulterzuckend. »Weil ich ein netter Kerl bin?«

So hat alles zwischen Dex und mir begonnen. Dexter und Lana. Es war echt etwas Besonderes mit uns beiden. Und es war eine verdammt heiße Zeit. Der Sex mit ihm war unbeschreiblich gut und ich schätze, wir haben es tatsächlich überall getrieben, wo man es nur miteinander hätte treiben können. Ziemlich genau ein Jahr waren wir unzertrennlich.

Und dann habe ich es komplett versaut.

Ausgerechnet an unserem Jahrestag habe ich nichts anderes zu tun, als mich von einem dahergelaufenen Typen vögeln und mich dabei auch noch inflagranti von meinem Freund erwischen zu lassen.

Wohlwissend, dass wir uns später noch sehen würden, stehe ich bereits geduscht und umgezogen im Fitnessstudio, weil ich die letzten Dekorationen noch beenden will, bevor ich Feierabend mache. Und obwohl Dex gesagt hat, dass ich damit auf ihn warten soll, habe ich mich wieder auf diese beschissene Leiter getraut, die uns ein Jahr zuvor erst zusammengebracht und mir fast das Genick gebrochen hat.

Während ich in meinen Pumps und dem langen, weiten Rock, unter dem ich zur Feier des Tages nichts trage als meine nackte, blank rasierte Scham, die erste Sprosse erklimme, fangen meine Hände bereits an zu schwitzen. Höher hinaus werde ich mich heute nicht wagen, soviel steht fest.

Doch auch diese erste Stufe reicht bereits aus, um mich fast aus dem Gleichgewicht zu befördern, als ich plötzlich eine unbekannte Stimme hinter mir vernehme, obwohl kein Besucher mehr hier sein sollte.

»Was …«, keuche ich wankend, doch große Hände schieben mich zurück auf die Leiter, noch bevor ich abrutschen kann.

»Hallo«, höre ich eine dunkle Männerstimme und blicke über meine Schulter hinweg in tiefgründige Augen, die mich neugierig mustern. Auf der untersten Sprosse bin ich mit dem Kerl fast auf Augenhöhe, der nun entschuldigend drein blickt. »Ich weiß, ich bin spät dran, aber die Tür war noch auf. Wollte mich nur wegen eines Probeabos erkundigen. Aber wie ich sehe, komme ich wohl genau richtig. Ich halte Sie kurz fest, dann können Sie Ihre Arbeit hier noch beenden.«

»Äh … hallo«, nicke ich fasziniert. Zu mehr bin ich nicht in der Lage, denn seine Aura hat mich aus irgendeinem Grund sofort fest im Griff, genau wie seine Hände, die schamlos zu meinen Hüften wandern und keine Widerrede zulassen.

Ich sollte mich wohl wehren und Angst haben, doch seltsamer Weise spüre ich stattdessen nur, wie die Hitze mir in die Wangen und die Erregung zwischen die Beine schießt. Mein Gehirn setzt aus, als seine Hände ungeniert über meine Pobacken fahren.

»Ich halte Sie gut fest«, höre ich ihn sagen und er fordert mich mit sanftem Druck förmlich dazu auf, eine weitere Sprosse der Leiter zu erklimmen und mit meiner Arbeit fortzufahren. »Mein Name ist übrigens Alan«, stellt er sich dann vor und ich bilde mir ein, dass seine Finger den Druck auf meinen Hintern fast unmerklich erhöhen.

»Lana«, antworte ich und spüre einen seltsamen Frosch im Hals.

»Nett, Sie kennenzulernen, Lana.« Seine Hände lassen von meinem Hintern ab und fahren an meinen Beinen entlang, schieben mich dabei einfach weiter nach oben. »Machen Sie ruhig weiter. Oder soll ich helfen und mit zu Ihnen auf die Leiter klettern?« Sowas ist mir noch nie passiert. Verwirrt setze ich, von plötzlichem Mut beflügelt, meinen Fuß eine weitere Sprosse höher.

»Sehr freundlich, aber ich schaffe das schon«, höre ich mich sagen.

»Gut«, nickt dieser Alan unter mir. Sanft umfassen seine Hände nun meine Knöchel und geben mir tatsächlich eine fremdartige Sicherheit, obwohl ich mich wohl mehr als hilflos fühlen sollte. Doch aus einem mir unerfindlichen Grund ist das genaue Gegenteil der Fall.

Noch immer arbeitet mein Gehirn auf Sparflamme. Ich spüre das warme Pulsieren zwischen meinen Beinen und die Feuchte, die sich bei seinen Berührungen bereits zwischen ihnen ausbreitet. Mir fehlt jegliche Erklärung dazu, doch diese Situation hier erregt mich auf perfide Weise über die Maßen.

»Hören Sie Alan«, räuspere ich mich trotzdem, doch weiter komme ich nicht, denn er schiebt mich gekonnt einfach eine weitere Sprosse höher. Mir wird heiß.

»Ja?«, hakt er dann nach, doch ich spüre bereits, dass sich seine Hände unter meinen Rock schieben und sich an meinen nackten Beinen entlang, Millimeter für Millimeter, weiter den Weg nach oben bahnen. »Ich halte Sie, Lana, keine Sorge«, höre ich ihn erklären. Er muss ganz genau merken, was er gerade mit mir anstellt, denn seine Finger wandern vollkommen hemmungslos weiter.

Ich bin nicht in der Lage, seine Berührungen zu unterbinden und will es auch gar nicht. Ein leises Keuchen kommt ungefragt über meine Lippen und verrät mich. Ich kralle mich an der Leiter fest, unfähig, meine Erregung noch länger zu ignorieren. Diese Situation hier ist so krank wie heiß und ich bin diesem Fremden von jetzt auf gleich vollkommen ausgeliefert. Außerdem fährt in meinem Kopf ein Karussell seine Runden bei dieser für mich schwindelerregender Höhe und ich finde diese verdrehte Mischung an Gefühlen mit einem Mal mehr als explosiv.

»Bedeutet Ihr Stöhnen, dass ich Sie weiter festhalten soll?«, fragt Alan jetzt scheinheilig. Der Typ lässt wirklich nichts anbrennen und ich war noch nie so bereit wie in diesem Moment, mich einfach von einem Fremden berühren und so gehen zu lassen. »Sehr schön.« Seine fordernden Hände schieben meine Füße weiter auseinander und lassen keinen Zweifel mehr daran, welche Pläne er verfolgt.

In einem Anflug fast panischer Erregung kralle ich mich mit meinen Händen an einer der oberen Leitersprossen fest und lasse mich schwer atmend auf dieses kranke Spiel ein, für das ich in die Hölle kommen werde.

Seine Finger haben meine feuchte Spalte schnell erreicht und lassen das Schwindelgefühl in mir in ein ekstatisches Wimmern übergehen.

»Lana, ist Ihnen womöglich Ihr Höschen abhandengekommen?« seine Worte sind wie Öl, das man in heiße Flammen gießt und ich erzittere unter der nun geschickten Massage seiner Finger. »Das muss ich mir wohl mal genauer ansehen«, brummt er dunkel. Ich spüre, wie sein Kopf unter meinem Rock verschwindet und er einen meiner Füße eine weitere Leitersprosse nach oben drückt, sodass seine Zunge, die mich urplötzlich trifft und laut aufschreien lässt, gezielt meine empfindlichste Stelle findet.

»Oh verdammt!«, keuche ich unter seinen nun fordernden Zungenschlägen, die mich immer tiefer zerteilen und meine Erregung ins Unermessliche treiben. Ich sitze förmlich auf seinem Gesicht, lasse ihn willig alles von mir erkunden und schmecken. Irgendwann höre ich dabei seinen Gürtel klimpern, den er achtlos aus seinem Hosenbund zieht und auf den Boden fallen lässt. Dann taucht er unter meinem Rock hervor, wischt sich mit dem Handrücken über seinen perfekt geschwungenen Mund und begutachtet mich mit glasigem Blick. Dieser Alan sieht nicht nur heiß aus, er weiß auch ganz genau, wie er mich um den Verstand bringt. Ohne den Blick von mir zu nehmen, schiebt er seine Finger erneut unter meinen Rock und tief in mich hinein.

»Ich will dich ficken. Jetzt.«

Bin ich gerade ernsthaft dabei, mich von einem vollkommen Fremden lecken und vögeln zu lassen?

Alles in mir zieht sich bereits jetzt lustvoll zusammen und schreit verrückter Weise laut JA!, ohne über irgendwelche Konsequenzen nachzudenken. Ich kann eigentlich an gar nichts mehr denken als an diesen fremden Schwanz, den ich verdammt nochmal endlich in mir spüren und ebenfalls unbedingt und sofort ficken will. mein Schweigen scheint ihm Antwort genug zu sein.

»Komm da runter!«, befiehlt er nun, zieht mich von der Leiter und drückt mich zeitgleich bäuchlings dagegen, kaum dass ich wieder festen Boden unter meinen Füßen spüre.

»Beine auseinander«, fordert er mich dann ungeniert auf und ich spüre bereits seine freigelegte Härte, während er meinen Rock nach oben schiebt. Atemlos gehorche ich. Dieser Alan hält mich rücklings gefangen zwischen seinen starken Armen und ich möchte in diesem Moment nirgendwo anders sein als zwischen dieser verfickten Leiter und ihm, eingepfercht und hilflos, so geil und so überaus böse.

»Oh ja«, keucht er an meinem Ohr und platziert seinen mordsmäßigen Ständer bereits vor meinem Eingang. Sein Schwanz ist riesig und füllt mich binnen Sekunden so vollkommen aus, dass ich vor Erregung wimmere. »Das ist ein Sportprogramm ganz nach meinem Geschmack, Lana«, höre ich ihn noch sagen, dann verschwimmt alles, denn er dringt mit einem solch festen Stoß in mich ein, wie es noch nie jemand getan hat.

Alan fickt mich hart und erbarmungslos. Die Lust in mir ist unbändig und ich reite eine ekstatische Welle nach der anderen, bis auch er sich mir und meinem Können geschlagen geben muss. Als ich ein letztes Mal alle Muskeln in mir anspanne, höre ich das dunkle, fast erleichterte Grollen in meinem Nacken, während er ungeniert in mir abspritzt.

Und dann sehe ich Dex. Und den Blumenstrauß, der neben ihm zu Boden fällt.

Hollie

Ich liege rücklings auf diesem Bett und starre an die weiße Decke, deren letzter Anstrich sicherlich schon einige Jahre zurück liegt.

Was zur Hölle mache ich hier nur?, denke ich frustriert, doch die Antwort ist so einfach wie logisch. Der Wochenendtrip nach New York mit meiner besten Freundin konnte gar nicht mehr anders enden, nachdem uns die beiden Typen im Central Park angequatscht und zu einem gemeinsamen Essen eingeladen haben. Ich kenne meine beste Freundin gut genug, um das verräterische Blitzen in ihren Augen selbst im Dunkeln zu erkennen.

Zugegeben, sowohl dieser Heath als auch sein etwas kleinerer Freund Josh sehen echt heiß aus in ihrer ledernen Motorradkluft und den dicken Biker

Boots. Doch ich habe sofort kapiert, dass das Interesse der beiden vom ersten Moment an einzig auf Page lag, was ich meiner Freundin sicherlich nicht zum Vorwurf mache. Außerdem ist es mir herzlich egal, denn auch bei den eindeutig zweideutigen Angeboten der beiden ist bei mir keinerlei Funke übergesprungen. Ganz im Gegenteil. Ich überlasse meiner Freundin gerne den Vortritt, denn ich weiß, wie sehr sie es genießt, derart umgarnt und angeschmachtet zu werden.

Page ist einfach wunderschön. Und Page lässt, seit sie Sex für sich entdeckt hat, echt jeden an sich ran, der nicht bei drei auf den Bäumen ist. Ernsthaft. Page ist der Inbegriff von *Fick mich*. Und das tut sie. Gerne und oft und am allerliebsten direkt mit zwei scharfen Typen gleichzeitig. Manche würden sie als dumm bezeichnen, andere als Flittchen. Für mich ist sie keines von beidem. Für mich ist die Sache klar: mein beste Freundin ist sexsüchtig. Und vielleicht ein kleines bisschen naiv.

Doch Naivität und Sexsucht hin oder her. Schlussendlich ist es tatsächlich genauso gekommen, wie ich es seit den ziemlich eindeutigen Sprüchen und Annäherungsversuchen der beiden Biker erwartet habe. Es ist doch jedes Mal das gleiche Spiel. Ich habe mittlerweile resigniert und versuche mich nicht mehr darüber aufzuregen, wenn Page mich mal wieder, so wie heute, einfach vergisst und nur noch mit ihrer Libido beschäftigt ist. Morgen wird sie reumütig angekrochen kommen und mir hoch und heilig versprechen, dass so etwas nie wieder vorkommen wird und wie wichtig ich ihr doch bin und bla-bla-bla. Ich liebe meine beste Freundin. Wirklich. Doch ich komme immer öfter zu der Erkenntnis, dass unsere Freundschaft mir einfach nicht gut tut.

In diesem Moment jedenfalls vergnügt sie sich lautstark im Hotelzimmer nebenan mit den beiden Rockern, während ich unseren letzten Abend in New York wohl vorerst alleine in diesem Raum hier verbringen werde und dem lustvollen Stöhnen meiner Freundin dabei auch noch ungewollt lauschen muss. Ich selber habe nicht viele Erfahrungen in solchen Dingen. Je genauer ich darüber nachdenke, desto klarer wird mir, dass es bisher tatsächlich nicht einen einzigen Mann gegeben hat, den ich auch nur annähernd anziehend oder attraktiv fand.

Klar habe ich schon auf Partys ein wenig herumgeknutscht und mich befummeln lassen. Einmal war ich nach ein paar Cocktails sogar mutig genug, meine Hand in die Hose eines Typen zu schieben, dessen Namen mir bis heute entfallen ist. Er fand's geil, dabei meine Titten zu massieren. Ich nicht.

Das Stöhnen meiner Freundin holt mich postwendend wieder zurück ins Hotelzimmer und mitten in diese ungeplante Einsamkeit. Doch irgendetwas an diesem Geräusch, irgendetwas an Pages Tonlage geht mir durch und durch, zieht ganz tief durch meinen Körper und hinab bis in meinen Unterleib. Das ist neu und ich bleibe wie angewurzelt stehen. Ich würde in diesem Moment wirklich gerne durch Wände gucken können und lausche den tiefen Stimmen nebenan. Dabei stelle ich mir vor, wie meine Freundin es gerade mit den beiden Typen treibt. Oder die Typen mit ihr.

Die Vorstellung meiner ekstatischen Freundin gefällt mir um Längen besser als das Bild steil aufgerichteter Schwänze in meinem Kopf. Ihrem lustvollen Stöhnen nach zu urteilen kommt Page gerade auch tatsächlich voll auf ihre Kosten und ich versuche mir im Geiste Bilder ihres schweißnassen Körpers vorzustellen. Ihr flacher Bauch. Ihre perfekt geformten Brüste mit den niedlichen dunklen Brustwarzen, die sie auch durch ihren Bikini immer schamlos präsentiert. Ich selber stehe ja eher auf die gepolsterten Oberteile, aber Page hat noch nie mit ihren Reizen gegeizt. Ich fand meine Freundin schon immer sexy. Einzig die Tatsache, dass sie wirklich mit jedem vögelt, ekelt mich an und ich muss mich wohl oder übel darauf verlassen, dass sie bei ihren ganzen Abenteuern nie die Verhütung außer Acht lässt.

Je mehr ich mich auf die Geräusche nebenan konzentriere, desto lauter kann ich sie vernehmen und desto angespannter fühle ich mich selber. Bilder meiner Freundin durchziehen meine Gedanken, denn es sind definitiv nicht die Männerstimmen, die mich so urplötzlich verwirren. Es sind weder ihre hübschen Gesichter noch ihre durchaus ansehnlichen, muskulösen Körper, von denen ich nun Bilder im Kopf habe.

Nein, in meiner Vorstellung sind die Männer in diesem Spiel reine Nebensache und nur zu Pages Befriedigung existent, die ich nun im Geiste vor mir sehe, die Augenlider flatternd geschlossen, den Kopf lächelnd in den Nacken gelegt. Schweißperlen glänzen auf ihrem Dekolleté und ihre perfekt geformten Brüste sehen einfach zum Anbeißen aus.

Eine ungekannte Welle der Eifersucht erfasst mich vollkommen ungeplant. Weil ich unfassbar neidisch bin auf das, was nur diese Männer meiner besten Freundin geben können. Lust. Wonne. Ekstase.

Als ich das nächste Mal dieses dumpfe, animalische Stöhnen und die daraufhin anspornende Stimme meiner Freundin vernehme, spüre ich dieses Kribbeln zwischen den eigenen Beinen. Eine Hitze, die mir das Hirn vernebelt und nackte Brüste in meinen Gedanken herumtanzen lässt. Solch schöne Brüste wie die von Page. Klein, handlich, mit hart aufgerichteten Nippeln, an denen ich nichts anderes als saugen will.

Irritiert über meine eigenen Gedanken erstarre ich. Oh ja! Ich würde alles dafür geben, an solch perfekten Brüsten mein Zungenspiel zu üben. Mein Atem wird schneller und trotz des angenehm klimatisierten Raumes bildet sich ein dünner Schweißfilm auf meiner Haut, während ich zeitgleich zu zittern beginne. Ich darf jetzt auf keinen Fall krank werden, verdammt! Nächste Woche geht die Uni wieder los und dieser italienische Gigolo von Professor wird mir sonst die Hölle heiß machen!!

Schnell richte ich mich auf und schlüpfe aus Hoodie und Jeans. Da ich heute den Abend ziemlich sicher alleine verbringen werde, kann ich es mir wohl auch direkt gemütlich machen. Schnell landen Shirt und Socken ebenfalls auf dem Boden, denn es ist wirklich unglaublich heiß in diesem verdammten Zimmer! Ob ich die Klimaanlage anschalten soll? Aber dann fange ich mir nachher tatsächlich noch etwas ein und verpasse den Start des neuen Semesters! Nein, das ist es nicht wert. Nur noch in Unterwäsche bekleidet stapfe ich also ins Badezimmer, um mir die Zähne zu putzen und mich für die Nacht fertig zu machen.

Nebenan dreht jemand die Dusche auf und die anhaltend lustvollen Geräusche meiner Freundin dringen erneut in meine Ohren. Ungefiltert wandern sie durch die Schlitze der Badezimmerlüftung und landen direkt zwischen meinen Beinen, was mich aufstöhnen und lustvoll seufzen lässt. Plötzlich fällt es mir wie Schuppen von den Augen und ich begreife, was mit mir und meinem Körper los ist. Diese Bilder in meinem Kopf, die Geräusche nebenan, die Hitze, die in mir aufsteigt ... erneut erzittere ich, dieses Mal vor Erregung. Oh ja, ich bin sowas von angeturnt von Pages spitzen Schreien, die gerade, wenige Schritte von mir entfernt und nur durch eine dünne Wand vor meinem Blick verborgen, einem Höhepunkt entgegenjagt, den ich ihr niemals geben könnte.

Ich bin nicht eifersüchtig auf die Männer. Es ist nicht Page selber, die ich begehre. Aber ich weiß mit plötzlicher Unabdingbarkeit, dass ihr Körper mich mehr reizt all alle männlichen Topmodels zusammen.

Ich treffe auf meinen eigenen, staunenden Blick und begutachte nachdenklich mein Spiegelbild. Blasse, makellose Haut strahlt mir entgegen, umrandet von kurzen, lockigen Haaren in unauffälligem Straßenköterblond. Zugegeben, ich habe mittlerweile eine recht ansehnliche Figur. Das regelmäßige Schwimmtraining macht sich durchaus bemerkbar. Kurzerhand schäle ich mich aus dem eigentlich unnötigen BH und schiebe meinen Slip herunter. Das bin also ich. Hollie. Eine junge Frau, die keinen Plan hat, wie ihr eigener Körper überhaupt funktioniert und worauf er reagiert. Bis jetzt. Splitterfasernackt starre ich mir eine lange Zeit nachdenklich entgegen, begutachte mich und meine handlichen Brüste. Der zweifelnde Ausdruck in meinen Augen weicht nach und nach neugieriger Erkenntnis und ich beginne mit zittrigen Fingern, mich selbst vorsichtig zu berühren.

Das dumpfe Keuchen meiner Freundin beschert mir eine erneute Gänsehaut. Meine Nippel werden bei diesem Geräusch steinhart und ich berühre sie vorsichtig mit meinen Fingerspitzen. Ein Schauer durchfährt mich, der an Intensität zunimmt, als ich einen meiner Nippel fester mit Daumen und Zeigfinger reibe und mir vorstelle, wie Pages Brüste darauf wohl reagieren würden. Zwischen meinen Beinen wird es ganz warm und ich sehne mich danach, endlich dort berührt zu werden. Mich selber zu berühren.

Ich habe es noch nie mit jemandem getrieben. Nicht einmal mit mir selber. Ich bin tatsächlich, bis auf den einen Ausrutscher mit der Schwanzmassage, vollkommen unschuldig. Und bisher war ich auch immer zufrieden damit. Doch zum ersten Mal in meinem Leben spüre ich jetzt dieses drängende Gefühl tief in mir, bittend und bettelnd, endlich erhört zu werden. Ein Kribbeln, eine Hitze, ein ungeduldiges

Anklopfen einer rasanten Welle, die nichts anderes als über mich hinwegspülen und meinen unschuldigen Körper in freudige Ekstase versetzen will. Meine Finger zucken, berühren erneut vorsichtig, fast ehrfürchtig meine eigenen Brüste, während Page nebenan ein anschwellendes, rhythmisches *ja, ja, jaaa* zum Besten gibt.

Langsam lasse ich den Blick an meinem Körper hinabwandern. Der Spiegel vor mir verschönt in diesem grellen Badezimmerlicht sicherlich nichts, doch das, was ich sehe, ist eigentlich gar nicht so übel. Vorsichtig mache ich einen Schritt nach hinten und lehne mich an den Badewannenrand. Plötzlich habe ich seltsame Fantasien, stelle mir vor, dass hinter dem Spiegel Kameras versteckt sind, male mir aus, wie ich von Fremden beobachtet und mit Blicken taxiert werde. Diese Vorstellung erregt mich noch mehr und ich spreize leicht die Beine, um mich selber zu betrachten und der Vorstellung, nicht alleine zu sein, noch mehr Raum zu geben.

Meine Beine sind stramm und muskulös, der Bauch flach und trainiert. Ich sehe, wie die Muskeln unter meiner blassen Haut miteinander spielen und beuge mich ein bisschen weiter vor, um mich noch genauer, noch *intimer* betrachten zu können. Doch es hilft alles nichts. Selbst, als ich meine Beine bereits mehr als unanständig weit gespreizt habe, verhindert meine Schambehaarung den tieferen Einblick.

Seufzend richte ich mich wieder auf, doch ich kann an nichts anderes mehr denken und das Pochen meiner erregten Mitte lässt definitiv nicht nach. Ganz im Gegenteil. Ich weiß, was sie mir sagen will. Und ich weiß, dass ich es will. Unbedingt. Aber ich habe keine Ahnung, wie.

Noch nie habe ich mir Gedanken über eine Intimrasur oder Selbstbefriedigung gemacht. Es hat mich schlichtweg noch nie interessiert, wie ich unter den Haaren wohl aussehe. Aber jetzt will ich es wissen. *Muss* ich es wissen. Zwischen Pages Beinen sieht es auch so aus, und ich weiß, dass mich dieser Anblick über die Maßen verrückt machen würde.

Ihre Kosmetiktasche steht offen auf der Ablage. Vorsichtig nähere ich mich, luge hinein, werde dann urplötzlich mutig und wühle so lange darin herum, bis ich gefunden habe, was ich suche.

Mit Pages Ladyshaver und einer kleinen Dose Rasierschaum, von dem ich wirklich nur ganz wenig benutzen werde, betrete ich die Dusche. Es fühlt sich seltsam an, den Schaum zwischen meinen Beinen zu verteilen und hat etwas ganz anderes, als sich einfach nur zu waschen. Fast zucke ich vor Schreck zusammen, weil meine Finger unabsichtlich zwischen meine Schamlippen geraten und ich staunend feststellen muss, wie weich ich mich dort anfühle. Behutsam setze ich den Rasierer an und arbeite mich langsam und hochkonzentriert Stück für Stück vor. Doch irgendwann komme ich nicht mehr weiter und gebe seufzend auf. Um mich nicht aus Versehen doch noch zu verletzen, brauche ich einen sicheren Stand und mehr Licht. Kurzerhand verlasse ich die Dusche wieder und hebe eines meiner nackten Beine auf den Badewannenrand, sodass das einfallende Licht mir dabei hilft, endlich meine Schamlippen freizulegen.

Das Gefühl ist überaus erregend und ich staune nicht schlecht als ich bemerke, dass zwischen meinen Beinen alles irgendwie anzuschwellen scheint. Bei jeder noch so kleinen Berührung zucken Blitze durch meinen Körper und ich bin kaum noch in der Lage, mich auf das, was ich da gerade tue, richtig zu konzentrieren.

Wieder kommt mir der Gedanke, mich könnte jemand beobachten. Der Anblick meiner blank rasierten, glänzenden Mitte lässt mich keuchend die Luft anhalten, als ich vorsichtig meine Schamlippen auseinander ziehe. Oh verdammt! Wie es sich wohl anfühlt, von fremden Fingern dort berührt oder gar von einer weichen, warmen Zunge liebkost zu werden? Den Blick durch den Spiegel starr zwischen meine Beine gerichtet halte ich einen kurzen Moment inne, um meine Atmung wieder unter Kontrolle zu bringen. Himmelherrgott, was war das gerade?

Alle meine jahrelang verborgenen Emotionen scheinen sich exakt in diesem Moment überlegt zu haben, eine lustige Party in meinem Schoß zu feiern. Es wirkt auf mich, als hätte meine Libido einzig und allein darauf gewartet, von der störenden Schambehaarung befreit zu werden, um endlich eine wilde Orgie zu feiern. Meine Atmung ist noch immer viel zu schnell. Meine Nippel schreien danach, erneut zwischen meine Finger genommen zu werden, was ich sofort in Angriff nehme. Dabei beobachte ich mich selber, staune über die Reaktionen meines Körpers, während ich mich immer wieder selber berühre. Dabei spreize ich meine Beine ganz automatisch noch ein bisschen weiter auseinander, weil ich einfach alles von mir erkunden und sehen will. Nebenan hat das Stöhnen wieder an Fahrt aufgenommen. Runde zwei ist eröffnet, was mir einen weiteren, erregenden Kick gibt. Ich hatte ja keine Ahnung!

Ganz langsam lasse ich meine Hand auf meinem Körper herumwandern, streiche über meine Brüste, über meinen Bauch, … dann halte ich inne. In mir pulsiert etwas, von dem ich bis heute nicht wusste, dass es überhaupt existiert.

Meine Lust ist erwacht! Wonne, Ekstase, all das, was mich nie begeistern konnte, was mich nie interessiert hat. Jetzt brenne ich lichterloh, stehe in Flammen, will nichts anderes mehr als ebendiese Lust in mir entdecken und aufsaugen.

Fast taumelnd finde ich den Weg zurück zum Bett, lasse mich in meiner Nacktheit rücklings darauf nieder, stelle die Beine auf und fahre mutig mit meinen Fingern tiefer, berühre erst meinen von der etwas ungeschickten Rasur noch gereizten Venushügel und seufze allein bei der Vorstellung laut auf, meine Finger noch tiefer wandern zu lassen. Und das tun sie. Langsam und behutsam erkunden sie das bisher unbekannte Terrain, lassen mich nach Luft schnappen, in Schweiß ausbrechen, frösteln und beben zugleich. Ich wusste ja nicht, welche Lust ich empfinden kann!

Ganz vorsichtig schiebe ich mit meinem Zeigefinger meine Schamlippen auseinander, fühle diese glatte, weiche und warme Haut dazwischen und massiere die kleine harte Stelle neben dem bisher stets verschlossenen Tor. Meine Atmung geht stoßweise und meine Bauchmuskeln beben, weil ich mich immer wieder ein wenig zusammenkrampfe.

Das verschlossene Tor gehört definitiv der Vergangenheit an. Ich kann es fühlen, ja, ich kann förmlich spüren, wie sperrangelweit es nun für mich geöffnet ist und sehnsüchtig darauf wartet, endlich jemandem Einlass zu gewähren!

Mein Finger verharrt nur kurz auf meinen vor Erregung geschwollenen Lippen, dann gibt er sich der Anziehungskraft meiner Spalte geschlagen, arbeitet sich langsam vor, versinkt in meiner Wärme, ergibt sich dem lodernden Feuer, welches in mir brennt.

Mit angehaltenem Atem schiebe ich den ganzen Finger in mich hinein. Tief. Unnachgiebig. Unersättlich. Ich erwarte bei all der Feuchte und meiner unbändigen Erregung keinen Schmerz, aber ich erwarte auch ganz sicher nicht das, was jetzt passiert. Mein Innerstes umfasst ihn, nimmt ihn fast zärtlich in sich auf, als hätte er nur darauf gewartet, endlich von ihm ausgefüllt zu werden. Dann lässt mein Körper Muskeln spielen, von denen ich bis zu diesem Moment nicht wusste, dass es sie gibt oder wie man sie benutzt.

Langsam beginne ich, meinen Finger in mir zu bewegen und mit mir selber zu spielen. Dieses Gefühl ist unbeschreiblich und ich spüre eine seltsame Leichtigkeit gepaart mit einem Kribbeln, das sich immer weiter vorarbeitet, ohne dass es mir verrät, woher es kommt und wohin es mich noch führen wird.

Diese erregende Leichtigkeit erfasst mich vollkommen, lässt mich schweben, bringt mich, gemeinsam mit den stimulierenden Bewegungen meines Fingers und den Bildern meiner glattrasierten Nacktheit und Pages Brüsten im Kopf in höhere Sphären, lässt mich erzittern, krampfen, beben, bis ich nur noch Page vor mir sehe, mit weit gespreizten Beinen, geschwollen, nass und so absolut bereit, von mir geleckt und gefingert zu werden.

Ich explodiere mit diesen Bildern im Kopf und krampfe mich zu einem einzigen Feuerball zusammen, bevor die Leichtigkeit mich verlässt und ein seltsam befreiendes Gefühl in meinem Herzen hinterlässt, obwohl die lustvollen Schreie meiner Freundin, die ich in diesem explosiven Moment vernehme, ganz sicher nicht für mich bestimmt sind. Wie vom Donner gerührt liege ich auf dem Bett und spüre den abebbenden Wellen nach. Dieser Abend hat mir die Augen geöffnet. Endlich weiß ich, zu was mein Körper imstande ist. Endlich weiß ich, was mir gefällt. Und was ich will.

Page

Ich weiß, dass ich Hollie heute nicht alleine lassen sollte. Doch ich kann nicht anders, nicht, nachdem diese hammergeilen Typen mir so ein eindeutiges Angebot gemacht haben.

Ich bin eine schlechte Freundin. Das ist unser letzter gemeinsamer Abend in New York und wir hatten für heute noch große Pläne. Jetzt hockt Hollie vermutlich mutterseelenalleine nebenan in ihrem Zimmer und zappt durch die Fernsehprogramme, während ich mich hier mit diesen beiden Sahneschnitten vergnüge, bei deren Anblick mir vom ersten Moment an das Wasser im Mund zusammengelaufen ist. Arme Hollie. Beste Freundin der Welt.

Mein Therapeut behauptet, ich sei sexsüchtig. Und bei Gott, ich würde es natürlich niemals offen zugeben, aber ja, er hat recht! Ich steh verdammt nochmal auf diese schmutzigen, lautstarken Typen die denken, ihnen gehöre die Welt. Ich steh drauf, mich benutzen zu lassen und spiele den Kerlen gerne das kleine Blondchen vor, das sie haben wollen. Doch das bin ich nicht. Ich weiß ganz genau, was ich tue. Ich weiß, was ich will. Und jetzt will ich nichts anderes, als die Schwänze dieser beiden Typen zu reiten. Hart. Unerbittlich. Denn das bin ich. Page. Eine Sexbitch. Ich nehme mir, was ich will. Und wenn ich für ein bisschen Erlösung einfach nur das naive Dummchen spielen muss, dann bitteschön.

Erneut schweifen meine Gedanken und mein schlechtes Gewissen zu Hollie, doch als dieser perfekt gebaute Heath nun breitbeinig in dem dunkelblauen Sessel Platz nimmt und mich bereits mit seinen taxierenden Blicken auszieht, schiebe ich jedes noch so kleine Fitzelchen an schlechtem Gewissen auf der Stelle beiseite. Ich will ficken. Jetzt.

Die Beule in seiner Hose ist ziemlich eindeutig und ich lasse mich nicht lange bitten, gehe hüftschwingend auf ihn zu und lasse dabei fast beiläufig mein Kleid zu Boden gleiten. Ich trage keinen BH. Meine Brüste sind klein und fest und scheinen ihm zu gefallen. Lüstern grinsend lehnt er sich zurück und beobachtet mich, lässt zu, dass ich mich vor seinen Augen räkele und mein Haarband löse. Ja, so wollt ihr mich, hm? Willig und bereit. Und das bin ich. Ich bin sowas von bereit!

Während dieser Heath in seinem Sessel eine eher beobachtende Haltung eingenommen hat, kommt Leben in Josh, der bereits dabei ist, sich in meinem Rücken auszuziehen. Er scheint keine Zeit verschwenden zu wollen, was mir nur recht ist. Noch während ich aufreizend meine Hüften vor dem Sessel schwinge, tritt er von hinten an mich heran. Ich spüre seine wachsende Härte in meinem Rücken und recke ihm meinen Hintern entgegen, während mein Blick auf Heath ruht. Kalte Finger graben sich in meinen bereits durchnässten Slip, greifen durch meine Beine hindurch nach vorne und streifen kurz und fordernd über meine Scham, bevor ein geübter Griff auch den letzten Spitzenstoff von meinem Körper zerrt.

Noch immer starrt Heath mich an, ohne auch nur ein Wort über die leicht geöffneten Lippen zu bringen. Mittlerweile hat er seinen Schwanz befreit und ich lecke mir begierig die Lippen, weil seine Größe meine Erwartungen deutlich übertrifft. Ich erkenne die pulsierenden Adern, die sich bis zu seinem Schaft ziehen und zwischen dem Stoff seiner aufgeknöpften Jeans verschwinden. Früher habe ich großspurig behauptet, dass kein Schwanz der Welt groß genug für mich sei und ich alles in mich aufnehmen könne, was man mir bietet. Bis zu dem Tag, als Matteo in mein Leben trat. Dieser heiße, durchtrainierter Italiener, der rein zufällig mein Professor an der Uni war und mich mit seinen schwarzen, langen Haaren, dem komplett tätowierten Körper und seiner düster gefährlichen Aura vom ersten Augenblick an um den Finger gewickelt hat.

Es war nur ein kurzes, aber sehr intensives Vergnügen mit uns beiden, welches mir schmerzhaft meine Grenzen aufzeigte. Seine riesige Härte brachte mich nicht nur vor Lust zum Schreien und unser sonst perfektes Intermezzo zu einem jähen Ende. Als er mich damals endlich erhörte, hat er mir von unserem Vorhaben abgeraten. Er hat gesagt, dass ich ihm nicht gewachsen sei und dass er mir wehtun würde. Matteo hat mich gewarnt, doch ich wollte nicht hören. Ich habe ihn verführt, ihn gekonnt denken lassen, er könnte alles mit mir anstellen. Doch damals war ich noch nicht die, die ich heute bin.

Er wusste es nicht. Er konnte es nicht wissen. Ich habe mich ihm förmlich aufgedrängt und alle Register gezogen. Ich habe Matteo viele Dinge gesagt. Versaute Dinge. Anrüchige Dinge. Wörter, die er aus meinem Mund hören wollte. Nur nicht, dass ich noch Jungfrau war. Als er mir endlich seinen Schwanz präsentierte, war ich geschockt und erregt zugleich. Dieses Piercing und sein tätowierter Körper haben mich über die Maßen fasziniert und ich war zu stolz, um mir einzugestehen, dass er recht hatte und dass mich genau diese Kombination ins Verderben stürzen würde. Und das tat sie.

Es ist nun schon über drei Jahre her, doch dieses Erlebnis hat mich geprägt. Ständig bin ich auf der Suche nach Erlösung, permanent trage ich das unterschwellige Gefühl mit mir herum, mir selbst etwas beweisen zu müssen. Matteo trifft keine Schuld. Mein damaliger Professor wusste es nicht besser. Ich habe versagt und war nicht in der Lage, ihm die Befriedigung zu geben, nach der er verlangte. Das nagt bis heute an meinem Ego. Vermutlich bin ich exakt aus diesem Grund das, was ich bin. Immer auf der Suche. Eine Sexbitch. Und nichts anderes werde ich jetzt diesen beiden Kerlen hier beweisen.

Joshs kräftige Hände umfassen genau in dem Moment von hinten meine Brüste, in dem ich mich leicht nach vorne beuge, um meine eigenen Hände rechts und links auf den Armlehnen des Sessels abzustützen und meine Beine ein wenig zu spreizen. Nicht zu viel, nur so, dass seine Finger sicheren Zugang erhalten, die gerade unsanft meine Nippel massieren, während er bereits seinen Schwanz an meinem Hintern reibt.

Heath grinst mich vom Sessel aus an und reckt sich meinem Mund fordernd entgegen. Ich weiß, was er will und lecke mir über die Lippen, bevor ich mich tief nach vorne beuge. Als meine Zunge seinen Lusttropfen kostet, lässt er den Kopf in den Nacken fallen und stöhnt laut auf. Seine Hände krallen sich in der Lehne fest und noch bevor meine Lippen seinen Schwanz komplett umschließen können sehe ich, dass seine Fingerknöchel vor Anspannung weiß heraustreten. Ich vergeude keine Zeit, bearbeite seinen Schwanz mit kräftigem Saugen und gekonnten Zungenschlägen und spüre, wie er in meinem Mund noch weiter und bis zu seiner vollen Größe anschwillt.

»Oh Baby, du bist echt heiß«, brummt Josh hinter mir, greift ungeniert zwischen meine Beine und schiebt seine Finger in mich, was mir gefällt und mich dazu bringt, mich ihm auffordernd entgegen zu recken.

»Dann fick mich endlich«, antworte ich und reite seine Hand, ohne dabei den Schwanz seines Freundes zu vernachlässigen, welcher mittlerweile den Kopf wieder gehoben hat und unser Dreierspiel fasziniert beobachtet.

»So ungeduldig?«, fragt Josh hinter mir, doch die kräftigen Stöße, mit denen seine Hand mich noch immer bearbeitet, lassen mich zur Antwort nur stöhnend nicken.

»Na dann«, grinst er verschlagen und zieht seine Hand aus mir zurück. Ich höre ein leises Knistern, doch es dauert nur Sekunden, dann hat er seinen Schwanz präpariert und stößt mit ihm auch schon auffordernd gegen meinen Hintern.

Mit Heaths Härte in meinem Mund recke ich mich ebendiesem entgegen, spreize meine Beine, spüre, wie Josh sich hinter mir an meinem Eingang positioniert. Aus meiner Spalte tropft es bereits vor Lust und ich keuche ungeduldig, weil ich es kaum noch erwarten kann, endlich von ihm ausgefüllt zu werden. Seine flache Hand gibt meiner Mitte einen auffordernden Klaps und ich wimmere erregt, drücke meine Beine noch ein wenig mehr auseinander und spüre, wie er seine Spitze ganz langsam ein Stück in mich schiebt und dann kurz inne hält.

»Ich werde dich jetzt ficken, Baby«, erklärt er atemlos. »Und wie ich dich und deine geile Fotze jetzt ficken werde!« Mit dieser Drohung stößt er zu. Feste rammt er sich in mich, tief, hart, und ich schreie gemeinsam mit Heath vor Lust, der die Stöße seines Freundes vibrierend durch meinen Mund wahrnimmt und sich nun tief bis in meinen Rachen drückt.

»Stopp!«, bestimme ich irgendwann.

Nicht, weil es mir zu viel ist. Ganz im Gegenteil. Ich brauche noch so viel mehr und spüre doch bereits, dass die beiden kurz davor sind, ihrer Erlösung entgegen zu fiebern. Das kann ich nicht zulassen. Noch nicht. Erst, wenn ich selbst auf meine Kosten gekommen bin, werde ich den beiden erlauben, abzuspritzen. Auf mir. In mir. Wo immer sie wollen.

Kurzerhand lasse ich Heaths Schwanz aus meinem Mund gleiten und schiebe Josh ein Stück zurück. Für einen kurzen Moment schauen mich beide irritiert an, doch als ich, nun auf dem Bett liegend, erneut schamlos meine Beine spreize und beginne, vor ihren Augen mit mir selber zu spielen, wird ihnen klar, dass der Spaß gerade erst beginnt.

»Setz dich auf ihn«, weist Josh mich an und ich gehorche, indem ich mich breitbeinig über Heath positioniere, der sich sofort aus dem Sessel erhoben und neben mich gelegt hat.

Jetzt ist er derjenige, der mich gleich ausfüllen wird. Seine Spitze stößt bereits ungeduldig von hinten zwischen mich, pulsiert leicht, glänzt erwartungsfreudig, doch ich quäle ihn noch ein wenig, massiere mich selber und bringe damit Joshs Augen zum Glänzen, der uns fasziniert anstarrt, bevor er erneut an einer kleinen Tüte zerrt und dann ohne Zögern einen Schritt auf uns zumacht.

Ungeniert greift er zwischen meine Beine und nach dem Schwanz seines Freundes, der bei dieser Berührung laut aufstöhnt. Kurz gleiten Joshs Finger an ihm auf und ab, massieren ihn fast zärtlich, was Heath mit einem dunklen Grollen quittiert und sich den Berührungen seines Freundes sichtlich zufrieden hingibt. Fasziniert beobachte ich, wie Josh ihm vor meinen Augen ein Kondom überstülpt, um dann dessen Schwanz direkt an meinem geschwollenen Eingang zu positionieren. Ich hab keine Ahnung, was zwischen den beiden sonst so läuft, aber mit einem Mal fühle ich mich wie ein Eindringling in einem sehr intimen Moment.

»Leck mich erst«, bestimme ich deshalb laut und er gehorcht, klettert zu uns beiden auf das geräumige Bett und versenkt sein Gesicht zwischen meinen Beinen, schiebt ohne Vorwarnung seine Zunge in mich hinein, saugt an mir, vollbringt Zungenschläge, die mich erzittern und kurz den Boden unter den Füßen verlieren lassen, wobei er weiterhin den Schwanz seines Freundes in den Händen hält und immer wieder an ihm auf und ab gleitet.

Jetzt oder nie. »Fickt mich«, bestimme ich erneut. »Beide.«

»Bist du dir sicher?«, höre ich Heaths raue Stimme von hinten an meinem Ohr, doch ich ignoriere seine Frage und schiebe stattdessen schweigend seinen Schwanz an meinen Hintereingang, den ich vorher ordentlich mit Spucke versorge.

Über ihm hockend senke ich mich nun Stück für Stück nieder, lasse ihn stöhnend immer weiter in mich eindringen, halte inne, genieße den Blick, den Josh zwischen meine Beine wirft und das Gefühl, als er sich nun erneut vorbeugt, um von vorne an mir zu saugen und seinen Finger in mich zu schieben.

Heath drückt sich von unten in mich, umfasst mit seinen starken Händen meine Brüste und stöhnt in mein Ohr. »Verdammt, dein Arsch ist so eng, ich …« Doch weiter kommt er nicht, denn nun kniet auch Josh über uns, drückt mich nach hinten und auf Heaths Brust, stößt endlich von vorne zu, drängt sich in mich, zerteilt mich, füllt mich immer weiter und tiefer aus.

Seine festen Stöße schieben mich gleichzeitig immer weiter auf Heath, dessen Härte nun bis zum Anschlag in meinem Hintern steckt, während ich keuchend beide Schwänze tief in mir spüre und sie mir mit abgehackter Atmung immer wieder erklären, wie scharf ich sie mache. Ich schwebe derweil zwischen ihnen in anderen Sphären, fühle mich endlich vollkommen ausgefüllt und fiebere dem Orkan entgegen, der sich in unaufhaltsamen Wellen in meinem Körper zusammenbraut.

Ich bebe, erzittere, schreie und explodiere, bis es zu viel wird. Die beiden entfernen sich aus mir, doch ich weiß, dass dieser Orkan noch nicht vorbei ist. Die

Welle wird uns erneut treffen, und ich will, dass wir zeitgleich schreien vor Lust! Meine Beine zittern, doch ich schaffe es, mich aus der Umklammerung der beiden zu befreien und ins Badezimmer zu wanken, wo ich das Wasser der Dusche aufdrehe. Meine pochende Mitte ist geschwollen und überreizt, mein Hintern pulsiert ob der plötzlichen Leere. Doch ich bin noch nicht fertig. *Wir* sind noch nicht fertig.

Josh und Heath folgen mir. Sie haben mir gegeben, was ich wollte, und doch ist es noch nicht genug, das spüren auch sie. Unter der rauschenden Dusche bringe ich mich in Position, stelle mich vor die Duschwand, stütze mich mit flachen Händen an ihr ab und strecke den beiden auffordernd meinen Hintern entgegen. Mir ist egal, wer von ihnen mich jetzt fickt, wenn es nur hart und schnell ist. Ich muss noch einmal beben. Ich muss noch einmal kommen. Das unruhige Zucken in meinem Unterleib sagt mir ganz eindeutig, dass ich noch nicht komplett fertig bin.

Also schließe ich die Augen und warte, bis sich erneut etwas Hartes in mich bohrt und unnachgiebig immer wieder zustößt. Ich weiß nicht, wer von beiden sich gerade in mir ergießt, und es ist mir auch egal. Es spielt keine Rolle, denn nach einem lauten Aufstöhnen zieht sich mein Beglücker zurück und macht seinem Spielgefährten Platz, der mich ebenfalls hart nimmt und meine Nippel dabei mit jedem

Stoß so gegen die kalte Duschwand drückt, dass auch ich endlich ein letztes Mal explodiere.

Nachdem wir uns abgetrocknet und angezogen haben, verabschieden sich die beiden von mir. Die Stimmung wirkt seltsam, fast angespannt, als hätte die kalte Dusche den Männern ihren vernebelten Verstand zurückgegeben. Kaum ist die Tür ins Schloss gefallen, fühle ich mich genauso unbefriedigt und leer wie zuvor.

Naomi

Dieser Tag ist zum Scheitern verurteilt. Ernsthaft. Ich weiß nicht, was ich verbrochen habe, aber heute geht einfach alles schief. Erst klingelt mein Wecker nicht. Keine Ahnung, warum ich ihn ausgestellt habe, das ist mir noch nie passiert! Dann finde ich mein Lieblingsshirt nicht. Vermutlich hat meine Mitbewohnerin es sich ungefragt ausgeliehen, wie so oft. Sie weiß ganz genau, wie sehr ich diese Eigenart an ihr hasse, aber Kate ist in dieser Hinsicht einfach unbelehrbar. Wenn ich irgendwann einmal Geld zu viel habe, werde ich mir definitiv einen abschließbaren Kleiderschrank zulegen, soviel steht fest!

Der Kaffee ist leer, mein Rad ist platt und selbst mein Handy gibt keinen Mucks von sich, obwohl es, ich schwöre, die ganze Nacht am Ladekabel gehangen hat. Am liebsten wäre ich sofort wieder in mein Bett gekrochen und hätte mir die Decke über den Kopf gezogen.

Aber dann würde ich sie heute nicht zu Gesicht bekommen. Dieses wunderschöne, unnahbare Wesen aus meiner Vorlesung, nach deren Nähe ich mich seit Wochen verzehre. Nein. Ich muss los, denn sie zu verpassen würde diesem verkorksten Tag wirklich die Krone aufsetzen. Ich muss mich also mehr als sputen und hetze genervt über den Campus. Natürlich hat die Vorlesung längst begonnen. Nichts hasse ich mehr, als alle Blicke auf mir zu spüren so wie jetzt, während ich mich leise und unauffällig durch die Tür quetsche.

»Ah, auch schon erwacht?«, grinst mir mein Prof entgegen. Sein provozierender Blick mustert mich von oben bis unten, dann wandert er wie zufällig zurück zu der leicht bekleideten Schönheit in der ersten Reihe, während er nur noch ein drohendes »lassen Sie das nicht zur Gewohnheit werden«, vor sich hin grummelt.

Schnell schiebe ich mich in eine der hintersten Reihen, um den Blicken meiner Kommilitonen zu entgehen und schicke ein dankbares Stoßgebet in die erste Reihe.

Wäre ich hetero, würde ich vor Eifersucht wohl kochen wie die meisten weiblichen Mitstreiterinnen hier. Aber in diesem Moment bin ich einfach nur überaus dankbar dafür, dass mein Prof, der mit dem Aussehen eines italienischen Unterwäschemodels gesegnet ist, ganz und gar der jungen Frau dort vorne auf den Leim geht und sein Interesse an mir nur von äußerst kurzweiliger Natur ist. Immerhin sieht man auch ihm seinen Migrationshintergrund an, was uns irgendwie zu Verbündeten in dieser noch immer viel zu weißen Collegewelt werden lässt.

»Puh.« Erleichtert atme ich die Luft aus, die ich vor lauter Panik angehalten habe. Dann hole ich alle Unterlagen aus meiner Tasche und breite sie hektisch vor mir aus, bevor ich versuche, meine schwarzen, wildgelockten Haare, die immer ihre ganz eigene Definition von Frisur haben, hinter meine Ohren zu klemmen.

»Seite 47«, höre ich eine leise Stimme neben mir und hebe den Blick. »Dritter Absatz.«

Oh Gott. Mein Herzschlag setzt aus und ich schlucke schwer. Mit einem Mal ist mein Mund pulvertrocken und sämtliche Sätze, die ich mir seit Ewigkeiten für genau diese Situation im Kopf zurecht gelegt habe, verschwimmen in meinem Geiste zu einer undefinierbaren Masse.

»Oh«, stammele ich und starre in die schönsten Augen, die ich je gesehen habe. Tiefgründiges Grün. Weiches Braun. Intensives Gold. »Danke.«

»Eben hat er Andeutungen gemacht, dass das für die nächste Prüfung wichtig sein könnte«, flüstert der passende Mund zu den Augen weiter in meine Richtung.

Mein Gehirn ist wie leergefegt und ich kann nur daran denken, wie es sich wohl anfühlen würde, diese so wunderschön geschwungenen Lippen zu küssen. Mir wird flau im Magen und gleichzeitig kribbelt es in meinem ganzen Körper.

»Äh, was?« frage ich und verdreht bei so viel Dämlichkeit innerlich die Augen über mich selbst.

»Na unser Gigolo da vorne«, grinst sie nur belustigt und streicht sich ihre eigenen, dunkelblonden Locken aus dem Gesicht. »Hast Glück, dass er schwer damit beschäftigt ist, seiner Giulia permanent zwischen die Beine zu starren. Sie zieht aber auch wieder alle Register.«

Genau in dem Moment, als unsere Blicke in die erste Reihe schweifen, schmeißt ebendiese Giulia gekonnt ihre Haare über die Schultern und setzt ihre Brüste in Szene. Das leichte Kichern neben mir entspannt mich schnell und ich schaffe es, meine Gedanken wieder zu ordnen.

»*Seine* Giulia?«, frage ich trotzdem verwirrt.

»Klar. Ich beobachte das Spielchen schon seit ein paar Wochen. Wenn zwischen den beiden nix läuft, dann fresse ich 'nen Besen.«

»Ist mir noch gar nicht aufgefallen«, gebe ich schulterzuckend zu, was ihr ein erneutes Grinsen ins Gesicht zaubert.

Ihre Augen strahlen wie eine frisch gemähte Wiese im Sonnenlicht und die goldenen Sprenkel darin tanzen lustig hin und her. »Kann ich mir vorstellen«, antwortet sie leise. »Sonst sitzt du ja auch immer so weit vorne, dass dir der Überblick hier fehlt.«

Sie weiß, wo ich sonst meistens sitze? Heißt dass, dass ich ihr aufgefallen bin? Ich?

»Ich bin übrigens Hollie«, lächelt sie mir nun offen entgegen.

»Ich weiß«, antworte ich, bevor mein Gehirn wieder funktioniert. Scheiße. Jetzt denkt sie bestimmt, ich wäre eine Stalkerin oder sowas. Ich erkenne, dass sie tatsächlich kurz inne hält und irritiert die Stirn kräuselt. »Ich hab dich beim Schwimmtraining gesehen«, füge ich deshalb schnell hinzu. Scheiße, scheiße, scheiße!

»Beim Schwimmtraining?«

»Ja, ich hab mich dort angemeldet und auf der Homepage war dein Foto und …«

»Oh wie cool«, jubelt sie plötzlich und fängt sich einen bösen Blick des Professors ein. Trotzdem strahlt sie mir erneut wie ein Honigkuchenpferd entgegen und sieht dabei einfach zum Anbeißen aus. »Das ist ja super! Da sind sonst nur so muskelbepackte Typen, mit denen ich nix anfangen kann. Endlich bekomme ich Verstärkung!«

»Ich … ich heiße übrigens Naomi«, verrate ich nun, einfach um irgendetwas zu sagen.

»Ich weiß.« Diese zwei Worte lassen mich innehalten und erneut ihren Blick suchen. Doch anders als ich wirkt sie bei der Preisgabe dieser Information kein Stück verlegen oder unsicher. Ganz im Gegenteil. Mein fragender Blick scheint sie eher zu belustigen. »Hey, guck nicht so. Du bist die einzige dunkelhäutige Studentin hier, *jeder* weiß, wie du heißt.«

»Echt?«

»Klar«, antwortet sie schulterzuckend. »Aber trotzdem scheint dich wohl keiner wirklich zu kennen«, erklärt Hollie weiter.

»Könnte daran liegen, dass ich hier nicht viele Freunde habe«, brumme ich leise.

»Willkommen im Club«, nickt Hollie verständnisvoll. »Ich kenne hier auch kaum jemanden.« Kurz wird ihr Blick wehmütig, dann fixiert sie mich wieder. »Aber egal. Das wird sich ja jetzt bald ändern«, triumphiert sie dann siegessicher. »Wenn die Jungs dich nachher im Badeanzug sehen, wirst du dich spätestens heute Abend vor Freundschaftsanfragen nicht mehr retten können.«

»Ich glaub nicht, dass ich das will«, flüstere ich leise. Hollie schweigt und bedenkt mich stattdessen mit einem wissenden Blick. Oh Fuck. In was für eine Scheiße habe ich mich denn jetzt bitteschön reingeritten? Dieser Tag wird mir wohl als mein schlimmster Alptraum für immer in Erinnerung bleiben. Schwimmtraining. Ich. Ausgerechnet!

»Steht dir gut«, bemerkt Hollie anerkennend und lässt ihren Blick an meinem Körper auf und ab gleiten, als wir uns ein paar Stunden später tatsächlich am Beckenrand gegenüberstehen. Wenn ich es nicht besser wüsste, verharren ihre Augen dabei einen Tick zu lange an meinen Brüsten, doch wahrscheinlich ist das einfach nur meinem geheimen Wusch geschuldet, es wäre wirklich so.

In mir zieht sich alles zusammen und ich fühle mich plötzlich völlig ausgezogen in ihrer Nähe. Dieser eindringliche Blick. Interessiert. Schüchtern. Und doch irgendwie ... gierig.

Als der Coach die Schwimmhalle betritt, ist dieser Zauber jedoch auf der Stelle verflogen. Wir stehen nebeneinander, unsere Ellbogen berühren sich, doch ich habe keine Zeit, mir dieses prickelnde Gefühl einzuprägen, denn sicher zehn männliche Augenpaare schielen unauffällig in meine Richtung. Mir bricht der Schweiß aus.

»Und wer bist du jetzt?«, ranzt der Coach mich an und mustert mich mit unverhohlener Belustigung.

»Ich…, äh«, räuspere ich mich, um Zeit zu schinden. »Haben Sie meine Email denn nicht bekommen?«, versuche ich mich mit einer Gegenfrage aus diesem Schlamassel zu befreien. Tatsächlich scheine ich den Kerl kurz zum Nachdenken anzuregen, doch dann schüttelt er überzeugt seinen kahl rasierten Schädel.

»Nein«, lautet die kurze Antwort und ich bin kurz davor, heulend aus der Halle zu rennen.

»Naomi möchte mit uns trainieren, Coach«, kommt Hollie mir da ungefragt zur Hilfe.

»Aber ohne Anmeldung kann ich nicht …«

»Ach kommen Sie, Coach«, fällt sie ihm mutig ins Wort. »Ein Probetraining. Nichts weiter. Und außerdem kann ich hier mal ein bisschen Frauenpower gebrauchen zwischen all dem Testosteron.« Mit diesen Worten beugt sie sich ein Stück aus der Reihe nach vorne und bedenkt die sabbernden Typen mit einem bedeutsamen Blick. Naomi hatte absolut Recht, denn ich werde von verstohlenen Blicken nur so taxiert.

»Bist du schnell?« Diese Frage geht an mich und ich nicke. In der Tat habe ich keine Ahnung von

Technik in diesem Sport, aber ich habe es schon früher immer geschafft, meine beiden älteren Brüder im Wasser abzuhängen.

»Also gut«, nickt der Coach nun und Naomi stupst mich triumphierend an. »Du bildest mit Rick und Dexter ein Team. Staffelschwimmen. Lass mal sehen, was du kannst.« Schon an seinem Unterton höre ich, dass er mir nichts zutraut. Mein Ehrgeiz ist geweckt. Dem Blödmann werde ich zeigen, was in mir steckt.

Nach einer guten Stunde im Wasser bin ich völlig erledigt. Zumindest habe ich mich aber nicht komplett dämlich angestellt und sogar das ein oder andere zufriedene Nicken beim Coach bemerkt. Trotzdem merke ich schon jetzt jeden Muskel in meinem Körper. Morgen werde ich mich ziemlich sicher keinen Zentimeter mehr bewegen können.

»Das war gar nicht mal so übel«, bestätigt Hollie meine Gedanken und tritt tropfnass neben mich. »Aber morgen tut dir alles weh, wetten?«

»Das fürchte ich auch«, japse ich nur atemlos.

»Du hast dich gar nicht hier angemeldet, oder?«, fragt sie dann leise.

Verlegen schüttele ich meinen Kopf.

»Warum dann das alles?«

»Weil …«, unsicher blicke ich zu Boden und weiß nicht mehr, wie ich aus dieser ganzen Nummer noch heil herauskommen kann. »Weil …,« stottere ich, ohne zu wissen, was ich zu ihr sagen soll und balle, wütend über mich selber, meine Hände zu Fäusten.

»Hast du heute Abend schon was vor?«, wechselt Hollie einfach das Thema und bringt damit den eh schon rutschigen Boden unter meinen Füßen vollends zum Wanken.

»Was?« Endlich schaffe ich es, ihr wieder in ihr hübsches Gesicht zu schauen. »Ich meine, ja …äh, nein … ich hab heute nichts mehr vor.«

»Gut«, lacht sie und streicht mir fast beiläufig eine meiner widerspenstigen schwarzen Locken aus der Stirn. Ihre Hand verharrt danach einen Moment zu lange an meiner Wange und so nah neben meinen Lippen, dass diese sich ganz automatisch wenige Millimeter öffnen. »Ich suche nämlich dringend jemanden, der heute mit mir ins Kino geht. Black Widow ist gestern angelaufen und ich habe ihn noch nicht gesehen! Ist das zu fassen?« Vollkommen empört reißt sie ihre Augen auf, was mich trotz dieser seltsamen Situation zum Lachen bringt.

»Du stehst auf Marvel?«

»Na klar, worauf denn sonst?«

»Cool.« Jetzt ist es an mir, ebenfalls laut loszuprusten. Ich weiß nicht, ob vor Erleichterung, Freude oder Verlegenheit, aber es tut gut, einfach loszulassen. »Ich dachte schon, ich wäre die einzige hier am gesamten Campus, die auf Iron Man steht.«

»Ich steh eher auf Gamora«, erklärt Hollie und sieht mir dabei fest in die Augen. »Okay, Groot ist auch süß. Aber Gamora ist meine Heldin.«

»I am Groot«, flachse ich, weil ihre Aussage mein Herz stolpern und die Schmetterlinge in meiner Brust wild umherflattern lässt.

»Stimmt«, nickt Hollie da und streicht erneut über meine Wange. »Du bist auch ziemlich süß.«

Mit diesen Worten lässt sie mich in meinem Badeanzug und den tropfnassen Haaren einfach stehen und verschwindet in der Sammeldusche. Was gut ist, denn ihre nur kurze Berührung reicht aus, um ein solch unerwartetes Feuerwerk in mir zu entfachen, dass ich mich an der Wand abstützen muss, bevor ich ihr ein paar Minuten später benommen folge.

Splitterfasernackt steht sie unter dem prasselnden Wasser und hat mir den Rücken zugewandt. Ihre helle, fast zerbrechlich wirkende Haut zieht mich magisch an und dieser Hintern, der sich mir nun fast unmerklich entgegenstreckt, ist einfach zu perfekt. Obwohl der Raum riesig ist, scheinen die Wände immer weiter auf mich zuzusteuern, engen mich ein und nehmen mir die Luft zum Atmen. Sprachlos bleibe ich einfach stehen und starre sie an.

Als hätte Hollie meinen Blick in ihrem Rücken bemerkt, dreht sie sich nun langsam zu mir herum. Ihr

Anblick raubt mir den Atem und damit jede Möglichkeit, auch nur einen klaren Gedanken zu fassen. Ihr Blick wirkt fast auffordernd, ihre ganze Körpersprache ist offen und einladend, während ihre kleinen, handlichen Brüste sich mir neugierig entgegenrecken.

»Hast du Duschgel dabei?« fragt sie, was mich verwirrt mit den Augen blinzeln und nur angedeutet nicken lässt. »Super«, höre ich sie flöten, »ich hab meins nämlich vergessen.« Mit ihrer unbedarften und offenen Art schafft sie es, mir jede Scheu zu nehmen und ich finde schnell wieder zu mir zurück.

Ein zielsicherer Griff in meine Tasche, in die ich eben notdürftig alle mir wichtig erscheinenden Utensilien gepackt habe, und ich mache einen Schritt auf Hollie zu. »Hier«, sage ich und kann meinen Blick nicht von ihr wenden.

»Danke«, grinst sie und bleibt in ihrer Nacktheit provozierend nah vor mir stehen. Ich spüre die Hitze, die ihr Körper ausstrahlt und habe das dringende Bedürfnis, sie auf der Stelle überall zu berühren.

Als würde sie genau das fordern, umfasst sie meine Hand mit dem Duschgel und zieht mich hinter sich her und unter die laufende Dusche. Die Hitze zwischen uns nimmt zu und ich bin mir sicher, dass das absolut nichts mit dem warmen Wasser zu tun hat, welches nun stetig auf unsere Körper prasselt. Mit einer vorsichtigen, aber dennoch überzeugen Selbstverständlichkeit streifen Hollies Finger nun meine Schlüsselbeine, ohne mich dabei aus den Augen zu lassen. Ich erzittere und spüre, dass meine Brüste sofort reagieren, als ihre zarten Finger sich unter meine Träger schieben und mir in einer fließenden Bewegung den Badeanzug vom Körper schälen. Ihr Blick folgt den Wassertropfen, die sich den Weg über meine steinharten Nippel bahnen, gefolgt von ihrer zarten Berührung, die Feuerstraßen auf meiner Haut hinterlassen.

»Du bist wunderschön, Naomi«, flüstert sie und schaut mir dabei fest in die Augen.

Ich bin zu keiner Antwort fähig und erbebe leicht unter ihrem feurigen Blick.

»Ist das okay für dich?« fragt sie und kommt näher, was ich mit einem angedeuteten Nicken bejahe und meine Augen schließe. Ihre Hände gehen auf meinem Körper auf Wanderschaft, flattern zart über meine Haut, berühren fast ehrfürchtig meine erregten Brüste und greifen irgendwann nach meinen eigenen Fingern, um mir anzudeuten, es ihnen gleich zu tun.

Es ist nicht so, dass ich noch nie eine Frau berührt hätte. Ich weiß schon lange, dass ich mich vom weiblichen Geschlecht angezogen fühle und habe bereits meine Erfahrungen gesammelt. Kurz denke ich an Q und unser kurzes, aber heftiges Intermezzo damals auf der Klassenfahrt zurück. Meine Güte, hatte diese Frau eine flinke Zunge …

Ich weiß, dass sie sie nicht nur bei mir, sondern auch bei zwei Jungs aus unserer damaligen Parallelklasse regelmäßig eingesetzt hat. Q hatte ein ernsthaftes Problem mit sich und ihrem Selbstbild. Ich will gar nicht wissen, wo sie mittlerweile gelandet ist. Und mit wem.

Das hier ist komplett anders. Diese Situation hier ist intimer als alles, was ich bisher erlebt habe. Hollie berührt mich, als wäre ich ein wohlgehüteter Schatz und liebkost nun mit solcher Zärtlichkeit meinen Hals, dass ich unter ihrer Berührung zergehe. Ganz vorsichtig lege ich meine Hände an ihre nackten Hüften und dränge mich ein kleines bisschen näher an sie heran, was dazu führt, dass sie mir leise ins Ohr stöhnt und ihre Lippen die meinen suchen. Ich berühre ihren Po, diesen perfekten Hintern, der wie gemacht für meine Hände zu sein scheint, während ihre Zunge in mich eindringt. Ein Schauer überfällt mich und lässt mich seufzen, während ihr Kuss immer fordernder wird und es mir endlich gelingt, meine eigenen Hemmungen abzulegen und meine Lippen willig für sie zu öffnen. Hollie schmeckt süß, wie flüssiger Honig, und ich trinke ihre Lust, die sich nun fordernd an mir reibt. Das Wasser prasselt weiter auf unsere Körper nieder, doch vergessen sind Duschgel und Badeanzüge, als sie mich nun vor sich her schiebt und meinen Rücken gegen die kalte, gekachelte Duschwand presst. Genießerisch lasse ich zu, dass ihre Finger meine Brüste massieren.

Als sich ungeplant die Tür öffnet und eine ältere Dame mit Schwimmhaube die Dusche betritt, fahren unsere erhitzten Körper in letzter Sekunde auseinander und wir bringen uns vor ihren neugierigen Blicken in Sicherheit, indem wir zeitgleich in die einzige, mit einem Sichtschutz versehene Einzelkabine huschen. Wissend grinsend drehen wir auch hier schnell das Wasser auf und Hollie beginnt tatsächlich damit, meinen Körper einzuseifen. Himmel! Ihre samtigen Hände befinden sich überall und nirgendwo auf meinem Körper, massieren meine Brüste, streichen über meine Arme, meinen Bauch, meinen Po und wandern irgendwann behutsam zwischen meine Beine, was mich dazu bringt, ergeben die Luft anzuhalten.

Ihre Berührungen sind wie leichte Küsse. Wie ein Windhauch, der nur absolut flüchtig meine intimsten Stellen streift. Sie wird nicht fordernd, wird nicht aufdringlich. Ganz im Gegenteil, tatsächlich lässt sie irgendwann ihre Hände sinken und zwinkert mir zu.

»Ich freu mich schon auf heute Abend«, flüstert ihre süße Stimme in mein Ohr. Ich grinse nur. Tief in mir weiß ich bereits, dass unser gemeinsames Abenteuer gerade erst beginnt.

Mein Herz schlägt mir bis zum Hals, als wir wenig später angezogen vor dem Eingang des Schwimmbades stehen. Erstaunlicher Weise habe ich nicht eine Sekunde das Gefühl, es wäre seltsam zwischen uns oder in irgendeiner Form unangenehm, nachdem wir uns in der Dusche so nah gekommen sind.

»Hey Naomi«, ruft da eine dunkle Stimme und ich fahre herum.

»Ja?« Der Typ mit den tätowierten Oberarmen eilt auf mich zu. Verdammt, ich habe seinen Namen vergessen. Irgendwas mit X. Xavier? Maxwell? Dexter? Keine Ahnung. Aber er war definitiv in meinem Staffelteam, daran erinnere ich mich noch.

»Hast du Lust, heute Abend mit meinen Kumpels und mir um die Häuser zu ziehen?«

»Äh…«, stottere ich verwirrt. Noch nie hat mich ein Typ so eindeutig zu etwas eingeladen. »Sorry«, antworte ich jedoch und schaue Hollie dabei fest in die Augen. »Aber heute Abend habe ich ein Date.«

»Oh«, nickt der Typ. Dexter. Ja, ich glaube, er heißt Dexter. »Verstehe. Na dann viel Spaß!«, grinst er breit und zwinkert mir zu. »Ich gebe dir trotzdem meine Nummer, vielleicht ergibt sich ja mal was.«

Nickend zücke ich mein Handy. »Alles klar.«

»Bis dann, Naomi«, verabschiedet er sich. Ich lächle ihm zu und kann es nicht fassen.

»Siehste?«, gluckst Hollie neben mir los, nachdem er außer Hörweite ist und ergreift wie selbstverständlich meine Hand. Auf der Stelle flattern die Schmetterlinge wieder in meiner Brust. »Die Typen da drin haben alle gesabbert, als sie dich gesehen haben. Das ist erst der Anfang, glaub mir.«

»Das hoffe ich doch«, grinse ich zufrieden, begutachte unsere ineinander verknoteten Finger und streiche mit meinem Daumen zärtlich über ihren Handrücken. Der Ausdruck auf ihrem Gesicht sagt mir alles, was ich wissen muss und bestätigt nur das wunderbare Gefühl tief in mir, das mich bereits seit Wochen immer dann überfällt, wenn ich Hollie anschaue. Ich habe mich längst Hals über Kopf in diese Frau verliebt.

Mason

Wenn mir vor sechzehn Jahren jemand erzählt hätte, was es bedeutet, Vater einer pubertären Tochter zu sein, hätte ich mir das alles noch einmal gründlich überlegt. Ernsthaft. Wenn mir wirklich jemand erklärt hätte, was es heißt, sein Leben mit einem heranwachsenden Teenager unter einem Dach zu verbringen, hätte ich mir vermutlich lieber ein Haustier angeschafft.

Ich bin an der Grenze meiner Belastbarkeit angekommen. Ich kann das nicht mehr ertragen. Meine Gedanken kreisen um nichts anderes mehr und ich weiß nicht, wohin mit meiner aufgestauten, undefinierbaren Wut, dieser durchaus berechtigten Sorge und der permanenten Angst, mich selbst nicht mehr kontrollieren zu können.

Und damit meine ich nicht die stundenlangen Badezimmer Exzesse, die stets genervte Gesichtsmimik oder den ständigen Anspruch meiner pubertären Tochter, einfach alles zu bekommen und rein gar nichts dafür zu tun. Damit meine ich weder den unfassbaren Egoismus, den sie an den Tag legt oder die Selbstverständlichkeit, mit der sie sich von meiner Frau durch die Gegend kutschieren und von mir das Taschengeld bezahlen lässt.

Eigentlich geht es hier gar nicht um meine Tochter. Es geht nur um das, was ihr einfaches Dasein mit mir anrichtet. Was sie mir abverlangt, wenn an den Wochenenden in unserem Haus die Halbstarken ein und ausgehen und Musik bis zum Anschlag aufgedreht wird, die in mir einen unterschwelligen Brechreiz auslöst. Es geht darum, wie man als Vater reagiert, wenn fremde, muskelbepackte Jungs mit breitem Kreuz und Bartwuchs plötzlich rauchend in unserem Garten stehen. Es geht um leichtbekleidete, überwiegend weibliche Teenies und Gesprächsfetzen, die mich schier wahnsinnig werden lassen.

Aber ganz besonders geht es hier um Deborah.

Oder *Debbie*, wie meine Tochter ihre neue beste Freundin liebevoll nennt. Oh ja. Debbie. Zwei Jahre älter als meine Tochter und seit dem Sommer neu an der Schule. Hochgewachsen, lange blonde Haare, Schmollmund und ein paar Titten, die mir nicht mehr aus dem Kopf gehen, seit ich sie vor ein paar Wochen ungeplant und halbnackt in unserem Badezimmer überrascht habe.

Warum sie nicht abschließt, wenn sie bei uns unter die Dusche steigt, weiß der Teufel. Mir jedenfalls beschert die Erinnerung an ihren außerordentlich perfekten Körper seither feuchte Träume und meiner Frau genervtes Stöhnen, wenn ich meine Libido mitten in der Nacht nicht mehr unter Kontrolle habe und mich nur noch in ihr erleichtern will, um endlich diese Bilder aus dem Kopf zu bekommen.

Doch sie verschwinden nie. Deborah ist einfach allgegenwärtig. Sei es kichernd im Zimmer meiner Tochter, im Auto auf dem Weg zur Schule, in lasziven Posen auf diversen Fotos, die das Zimmer meiner Jüngsten schmücken oder im knappen Bikini auf unserer Terrasse. So wie heute.

Ja, es ist Sommer. Ja, es ist verdammt heiß. Aber wieso trägt Debbie einen Tanga und räkelt sich auf unserer Liege, als wäre sie ein Unterwäschemodel? Interessanter Weise dreht und wendet sie sich immer genau dann in perfekten Posen, wenn ich den Garten betrete. Als sie auch noch damit beginnt sich einzucremen und dabei, ohne mit der Wimper zu zucken, in meiner Anwesenheit ihr Bikinioberteil abstreift, wird es mir zu viel. Ich ergreife die Flucht.

Und so sitze ich schon wieder mit einem mordsmäßigen Ständer in der Hose hinter meinem Schreibtisch und bin unfähig, mich in die Küche zu begeben,
obwohl meine Frau bereits zum zweiten Mal nach
mir gerufen hat, weil das Essen fertig ist.

Erst, als bereits alle auf mich warten, betrete ich
den Raum. Natürlich ist Debbie ebenfalls anwesend,
sitzt unschuldig grinsend neben meiner Tochter und
hat sich ein Trägerkleid übergeworfen. Sie bedenkt
mich mit ihrem stets zurückhaltenden, ach so
freundlichen Lächeln und senkt dabei schüchtern die
Lider. Aber ich weiß genau, welches Spiel sie mit mir
treibt. Selbstverständlich sitzt sie mir rein zufällig genau gegenüber und ich habe einen wunderbaren
Ausblick auf ihr offenherziges Dekolleté.

»Mason, hast du keinen Appetit?«, höre ich meine
Frau leise neben mir fragen. Tatsächlich stochere ich
nur lustlos in meinem Gemüse herum, was ich erst
jetzt bemerke.

Entschuldigend hebe ich den Blick. »Sorry Schatz.
Das Frühstück liegt mir irgendwie noch schwer im
Magen.«

»Hm«, überlegt sie nur laut neben mir. »Komisch.
Du hast doch auch heute früh schon kaum etwas ge-
gessen.«

Wie soll ich bitteschön auch nur einen vernünftigen Bissen herunter bekommen, wenn diese formvollendeten Lippen an einem Stück Honigmelone saugen, als gebe es kein Morgen?, denke ich genervt. »Keine Ahnung«, brumme ich jedoch nur und schiebe den Teller von mir weg. Seiner Richtung folgend begegne ich ihrem Blick. So unschuldig. So unauffällig. Und doch sehe ich dunkle Begierde in ihren Augen aufblitzen. »Mir ist schlecht«, brumme ich. Ich muss hier weg. Sofort. Ohne Vorwarnung springe ich so schnell auf, dass der Stuhl hinter mir bedenklich taumelt. Im letzten Moment bekomme ich seine Lehne zu greifen und verhindere Schlimmeres.

»Dad, leg dich lieber was hin, okay?«, ruft meine Tochter nun mit panischem Unterton. »Ich will auf keinen Fall meine Party heute Abend absagen müssen, hörst du?« Aha. Daher weht der Wind. »Daaaaad! Echt jetzt! Leg dich hin! Heute Abend musst du wieder fit sein!«

»Herrgott, jetzt lass deinen Vater in Ruhe«, ergreift meine Frau Partei für mich. »Du musst doch deshalb nichts absagen, meine Güte!«

»Und was, wenn Dad jetzt krank wird, Mum? Was dann?«

»Aber das wäre doch nicht dramatisch«, mischt Deborah sich nun ein. »Dann bleibt dein Dad heute eben hier und wir schauen ab und an nach ihm.«

Den Unschuldsblick nehme ich ihr ebenso wenig ab wie den besorgten Unterton, den sie ihrer Stimme dabei verleiht.

»Ja, Mason«, nickt meine Frau zustimmend. »Wenn es dir nicht gut geht, wäre es vermutlich wirklich besser, du würdest hier bleiben. Ich gehe mit den Launders alleine ins Theater. Vielleicht hat mein Bruder ja spontan Lust, mich zu begleiten. Du hast doch sowieso kein echtes Interesse daran.«

»Ich habe keine Lust auf die Launders«, brumme ich genervt. »Davon, dass ich nicht gerne ins Theater gehe, war nie die Rede.«

»Ist mir alles egal, aber ich sage auf keinen Fall meine Party ab!«, bestimmt unsere Tochter voller Überzeugung.

»Ist ja gut«, seufze ich. Mir ist mit einem Mal tatsächlich schlecht, weshalb ich schnurstracks ins Badezimmer eile, weil ich dringend kaltes Wasser in meinem Gesicht spüren muss. Danach gehe ich ins Schlafzimmer und lasse mich auf unser Ehebett fallen. Ich habe definitiv keine Lust auf ein Date mit dem Chef meiner Frau und seiner aufgetakelten besseren Hälfte. Aber ob ein Abend daheim, umgeben von Deborah und einer ganzen Horde feierwütiger Teenager, mich in meiner derzeitigen Verfassung glücklicher macht, wage ich zu bezweifeln.

Unschlüssig lasse ich meine Gedanken schweifen und schließe die Augen, um ein bisschen vor mich hin zu dösen und mir einen Plan für den heutigen Abend zu überlegen. Ich schrecke erst hoch, als ein dumpfes Wummern mir durch Mark und Bein geht. Ein vorsichtiger Blick auf die Uhr sagt mir, dass ich nun wohl keine andere Wahl mehr habe, als den Abend zwischen Teenagern zu verbringen, denn meine Frau sitzt längst ohne mich im Theater.

Wollte dich nicht wecken, schlaf dich gesund, steht auf dem Zettel, der an meiner Nachttischlampe lehnt. Ich bin tatsächlich eingeschlafen. Verdammt! Langsam erhebe ich mich und verlasse das Schlafzimmer. Aus dem Bad vernehme ich leises Kichern. Deborah und meine Tochter scheinen sich noch auf die Gäste und den von langer Hand geplanten Partyabend vorzubereiten. Selbstverständlich steht die Tür einen Spalt offen. Und rein zufällig streckt sich mir ein perfekt geformter Hintern genau in dem Moment entgegen, in dem ich mich leise daran vorbeischieben will.

»Ich war gestern beim Waxing«, höre ich Debbie säuseln. Ich bin mir absolut sicher, dass ihre Stimme eben noch nicht so klar zu vernehmen war und diese Information mehr mir als meiner Tochter gilt.

»Echt?«, fragt diese nun neugierig, »das hab ich mich noch nicht getraut, das tut doch bestimmt saumäßig weh, oder?«

»Ach«, kommt die prompte Antwort und ich bleibe, auf perfide Art fasziniert, stehen. »Ist auszuhalten. Dafür ist jetzt für Wochen alles an mir blank und weich wie ein Baby Popo!«

»*Alles*?«, fragt meine Tochter.

»Jepp, *alles*«, betont Debbie. Mit diesen Worten treffen sich unsere Blicke. Mir wird heiß und ich starre einfach nur in Deborahs amüsiert blitzende Augen, die mich durch den Türspalt hindurch fixieren. »Willst du mal sehen?« höre ich sie meine Tochter fragen, doch ich weiß, wem diese Frage in Wahrheit gilt.

»Nee, lass mal«, kommt es prompt zurück. »Aber du hast recht, ich könnte mich zumindest mal eben rasieren. Wer weiß, was heute noch so passiert!«

Mir wird schon wieder schlecht. Diese viel zu bildlichen Informationen verdauend schleiche ich weiter nach unten und stelle fest, dass ich trotz allem so langsam mal etwas essen müsste. Tatsächlich knurrt mein Magen laut und fordernd, als ich die Küche betrete und die vorbereiteten Chipstüten und diverse andere Knabbereien entdecke. Kurzerhand hole ich mir ein paar Reste des Mittagessens aus dem Kühlschrank und stelle den Teller in die Mikrowelle. Kaum habe ich die erste Gabel im Mund verschlucke ich mich auch schon, weil ein Schatten über mich fällt. Deborah.

»Oh, geht es Ihnen besser?«, haucht sie leise und klimpert dabei lasziv mit ihren unmöglich echten Wimpern.

»Ja«, nicke ich und räuspere mich lautstark. Ich habe keine Ahnung wohin ich gucken soll, denn außer ihrem viel zu kurzen Rock trägt sie nur einen spitzenbesetzten BH, der mehr preis gibt als verbirgt.

»Das freut mich«, bemerkt sie und kommt langsam näher. Ich kann ihre Nippel durch den Stoff erkennen und senke den Blick. »Dann können Sie jetzt sicher einen Magenaufräumer gebrauchen«, haucht sie in meine Richtung und beginnt, zwei Schnapsgläser zu füllen.

»Deborah«, mahne ich und halte meinen Blick starr auf den Tisch gerichtet, während ihre perfekt manikürten Finger mir eines der Gläser zuschieben. »Ich denke es wäre besser, du würdest dir etwas anziehen.«

»Mason«, imitiert sie meine Tonlage und verzichtet dabei auf weitere Förmlichkeiten. »Ich denke, es wäre besser, wenn du mich endlich anfassen statt immer nur anstarren würdest.«

Langsam und ungläubig hebe ich den Blick. Ich wusste es! Ich wusste, dass sie mich nur aus der Reserve locken will. Das gerade im Badezimmer war nur Teil ihres perfiden Plans. *Reiß dich zusammen, Mason*, rede ich mir immer wieder ein.

»Wo ist meine Tochter?«, frage ich also stattdessen, ignoriere ihren Blick und die offenstehenden Lippen, über die sie nun aufreizend ihre Zunge gleiten lässt, bevor sie das Glas ansetzt und in einem Zug leert.

»Rasiert sich die Muschi«, antwortet Deborah und knallt das Glas so laut auf den Tisch zurück, dass ich zusammenzucke. Dann stützt sie sich mit beiden Händen auf der Tischplatte auf und kommt mir mit ihrem Gesicht gefährlich nah. »Komm schon, Mason. Fass mich an! Ich weiß, dass du das gerne möchtest.«

Meine Hände krampfen sich unter dem Tisch zu Fäusten zusammen. Ich weiß, was sie plant. Ich habe längst erkannt, wie verdorben sie ist. Aber das Schlimmste daran ist, dass ich bereits so hart bin, dass ich mich auf keinen Fall rühren kann, ohne mich zu verraten.

»Schade«, höre ich sie sagen, als ich nicht reagiere. »Wenn du es dir anders überlegst, lass es mich wissen.«

Dann bin ich wieder alleine und atme lautstark aus. Das erste, das mir ins Auge sticht, als ich den Blick hebe, ist das Schnapsglas. Dankbar greife ich danach und leere es in einem Zug, bevor ich es erneut randvoll gieße. Das darf doch alles nicht wahr sein! Zwanzig Minuten und drei weitere Getränke später habe ich meinen Schwanz wieder unter Kontrolle und erhebe mich langsam. Das leichte Schwindelgefühl ignorierend stelle ich den erneut kaum angerührten Teller ins Spülbecken und mache mich auf den Weg zurück ins Schlafzimmer. Mir ist der Appetit gründlich vergangen. Schon wieder! Außerdem habe ich keine Ahnung, wann hier die ersten Gäste eintrudeln und ich will ihnen in diesem desolaten Zustand auf gar keinen Fall begegnen.

»Hey Dad«, höre ich meine Tochter, als ich bereits dabei bin, meine Tür von innen zu schließen. »Geht es dir besser?«

»Ja, ein bisschen«, antworte ich mit belegter Stimme. Deborah steht hinter ihr, überragt sie locker um einen Kopf und mustert mich mit einem diabolischen Ausdruck im Gesicht, der mich rasend macht und gleichzeitig auf die Idee bringt, mich von ihr nicht weiter vorführen zu lassen. Wer bin ich bitteschön, dass ich mir von dieser gerade erst volljährigen Barbiepuppe in meinem eigenen Haus etwas auf diktieren lasse? Hier bin ich der Boss und das werde ich auch auf der Stelle unter Beweis stellen! »Ich wollte mich gerade frisch machen und gleich was mit euch trinken«, erkläre ich meiner verblüfften Tochter also und grinse süffisant in Deborahs perfekt geschminktes Gesicht. Dann knalle ich den beiden Teenies die Tür vor der Nase zu und gehe ins Bad. Als ich unter der Dusche stehe, schleichen sich schon wieder Bilder von perfekt geformten Brüsten, blankrasierten Muschis und halb geöffneten Mündern in meine Gedanken, doch ich schaffe es erfolgreich, sie zu verdrängen, bevor mein Schwanz wieder ein unerwünschtes Eigenleben entwickelt. Kurzerhand schlüpfe ich in eine Jeans und ein unifarbenes Shirt, bevor ich den Weg nach unten nehme.

Obwohl ich mich beeilt habe, ist das Wohnzimmer bereits gut gefüllt. Die ganzen Gäste müssen alle gleichzeitig hier eingetroffen sein. Teenager müsste man nochmal sein, denke ich nur kopfschüttelnd und mache mich auf den Weg in die Küche. Von meiner Tochter ist weit und breit nichts zu sehen, ebenso wenig wie von Deborah. Gut so. Dafür entdecke ich Dexter in der Küche, was mich freudig auflachen und zu ihm eilen lässt.

»Hey, was machst du denn hier?«, frage ich und schlage in seine Ghetto Faust ein.

»Hey Dad«, grinst er nur frech und baut sich mit seinem breiten Kreuz vor mir auf. »Die Frage ist doch wohl eher, was *du* hier machst? Solltest du nicht mit Mum und den Launders unterwegs sein, während ich hier auf die Kids aufpasse?«

»Mist«, antworte ich und raufe mir kurz die Haare. »Deine Mum ist ohne mich los. Mir war eben irgendwie übel. Wir haben ganz vergessen, dir Bescheid zu geben, aber du musst hier heute gar nicht den Aufpasser spielen. Ich übernehme das.«

»Ach«, winkt mein Sohn ab. »Hab heute eigentlich gar nix besseres zu tun. Obwohl, vielleicht gehe ich dann später noch ins Kino oder so. Aber …«, grinst er nun breit, »nicht, bevor ich mit meinem Dad nicht was getrunken habe!«

Nun schleicht sich auch auf mein Gesicht ein wissendes Grinsen. Party, Musik, mein Sohn und ich. Die perfekte Gelegenheit, endlich miteinander auf seine Aufnahme im Schwimmteam anzustoßen, zumal meine Frau nicht in der Nähe ist, um mich oder unseren Sohn zu maßregeln. »Guter Plan«, nicke ich deshalb und stecke den Kopf gemeinsam mit ihm in den Kühlschrank. »Was willst du denn?«, frage ich dann. »Bier ist hier oben, aber den Whisky hab ich vor den Teenies in Sicherheit gebracht.« Was totaler Quatsch ist, stelle ich fest, denn gerade frage ich mich, wie Deborah wohl an den hochprozentigen Magenaufräumer gekommen ist, den sie mir eben vor die Nase gestellt hat. Ich bin echt naiv. Nur, weil meine Tochter erst gute sechzehn Jahre zählt heißt das ja nicht, dass hier keine harten Sachen getrunken werden. Ich war auch mal jung!

»Ich nehme nur ein kleines Bier«, höre ich Dexter. »Muss ja noch fahren.«

»Stimmt. Deine Mutter würde mich eh umbringen, wenn sie davon wüsste«, lache ich. »Bier klingt gut.«

Meine eben noch unterschwellig zu spürende Übelkeit ist komplett verschwunden und der Alkohol läuft verdammt gut. Dexter setzt seinen Plan des Kinobesuchs jedoch irgendwann in die Tat um und lässt mich alleine, was mich nicht im Geringsten stört, solange ich meinen Whisky, zu dem ich mittlerweile gewechselt habe, in den Händen halte. Dex tut mir leid. Seit er diese kranke Geschichte mit Lana beendet hat, scheint er einen überaus großen Respekt davor zu haben, nochmal jemanden an sich ran zu lassen, was ich echt schade finde. Aus meinem einst pummeligen Sohn ist echt ein hübscher Kerl geworden und ich registriere durchaus, dass ihm einige Blicke folgen, während er unser Haus verlässt und in seinen Wagen steigt.

In meinem Magen hat sich mittlerweile eine angenehme Wärme ausgebreitet. Das wievielte Glas ich in Händen halte, kann ich schon gar nicht mehr sagen, aber in Kombi mit dem Bier und diversen Schnäpsen fühle ich mich langsam aber sicher tatsächlich recht wohl zwischen den ganzen Freunden meiner Tochter. Das ändert sich schlagartig, als ich nach draußen in den Garten laufe, um mir von einem der Jungs eine Zigarette zu besorgen.

Erst denke ich noch, ich gucke nicht richtig, weil der plötzliche Sauerstoff mich ins Wanken bringt und mir ganz klar meine Grenzen aufzeigt. Doch es ist definitiv meine Tochter, die sich von diesem geleckten Typen da hinten an den Arsch greifen lässt. Ich kann es nicht fassen!

Wütend stelle ich mein Glas auf der kleinen Gartenmauer ab und will in ihre Richtung stampfen, als mir plötzlich jemand von hinten an die Schulter greift.

»Was hast du vor, Mason?« Deborah. Natürlich. Ich stöhne genervt.

»Wonach sieht es denn aus?«, zische ich und stelle fest, dass meine Zunge ein wenig an meinem Gaumen klebt. Ich bin echt ein toller Aufpasser.

»Das ist keine gute Idee«, erwidert sie kopfschüttelnd und verstärkt ihren Griff. Die künstlichen Fingernägel bohren sich dabei leicht in meine Haut, was mir, aus welchem Grund auch immer, eine Gänsehaut beschert.

»Lass mich in Ruhe«, brumme ich dennoch und versuche, ihre Hand von meiner Schulter zu streichen. Dabei gerade ich ins Wanken und bin überaus froh, die kleine Gartenmauer in meinem Rücken zu wissen.

»Oha«, grinst Debbie nun von einem Ohr zum anderen. »Da hat aber jemand ein bisschen zu tief ins

Glas geschaut, oder? Solltest du nicht eigentlich auf uns alle hier aufpassen, *Daddy*?«

Die Art und Weise, wie sie mit mir spricht, macht mich rasend. Ich bin weder zu betrunken noch ihr Daddy! Doch so sehr ich mich auch aufrege, verdammt nochmal, Deborah ist heiß. Aber bis zu diesem Moment ist mir nicht klar gewesen, *wie* heiß sie ist! Mein Schwanz sieht das genauso, und ich spüre bereits sein aufgeregtes Zucken in meiner Jeans. Fuck! »Jetzt hör endlich auf damit!«, fahre ich sie in meiner Hilflosigkeit lauter an als beabsichtigt.

Meine Tochter ist so sehr mit ihren Hormonen beschäftigt, dass sie selbst darauf nicht reagiert. Ich werfe einen mörderischen Blick in ihre Richtung, doch außer Debbie bekommt das niemand mit.

»Mason«, versucht diese mich nun zu beruhigen. »Deine Tochter knutscht doch nur ein bisschen rum. Willst du dich jetzt wirklich wie der letzte Arsch verhalten und ihr die Party versauen?«

Seufzend gebe ich mich geschlagen. Natürlich will ich das nicht. Aber ich will auch nicht, dass irgendjemand meine Tochter ausnutzt und …

»Komm«, bestimmt Debbie und hakt sich bei mir ein. »Du brauchst mal eine Cola.«

Schweigend lasse ich mich von ihr ins Haus und weiter in die Küche führen. Ich bin froh, dass hier gerade nichts los ist, weil auf der Terrasse unter lautem

Gegröle Bier Pong gespielt wird. Angespannt lehne ich mich mit dem Rücken gegen die Küchenzeile. Draußen konnte ich es nicht genau erkennen, aber hier, im gedämpften Licht der Dunstabzugshaube sehe ich, dass Deborah sich nur ein dünnes Top über den viel zu durchsichtigen BH geschmissen hat. Der Rock, den sie trägt, wirkt noch kürzer, als ich ihn in Erinnerung habe. Jetzt bückt sie sich und steckt den Kopf in den Kühlschrank.

Ich erkenne an ihrem blanken Hinterteil, dass sie es erst gar nicht für nötig gehalten hat, sich einen Slip anzuziehen. Auf der Stelle drückt es hart gegen meine Jeans und ich überkreuze möglichst unauffällig meine Beine. Oh verdammt, wie es sich wohl anfühlen würde, sie jetzt einfach so von hinten …

Mit einer Colaflasche in den Händen steht sie plötzlich triumphierend vor mir, dreht diese auf und ein Schwall eiskalten Zuckerwassers ergießt sich über mein komplettes Shirt.

»Shit!«, ruft sie laut und hechtet mit der Flasche zum Becken, doch es ist längst zu spät, um noch irgendetwas zu retten. Alles an mir ist nass und klebt. Ohne länger darüber nachzudenken gebe mich ihrem Vorschlag geschlagen, die durchnässten Klamotten direkt in die Waschmaschine zu packen. Wie naiv ich doch bin. Und wie überaus betrunken.

Kaum habe ich unsere Waschküche betreten, steht Deborah auch schon hinter mir und schließt leise die Tür. Als ich höre, wie sich der Schlüssel im Schloss dreht, weiß ich bereits, dass sie gewonnen hat.

»Und, armer Daddy?«, säuselt sie und kommt langsam auf mich zu. Ich stehe einfach nur da wie ein begossener Pudel und starre sie an. Ohne zu zögern greift sie in meinen Schritt und ich stöhne ungewollt auf. »Das gefällt dir, oder Mason?« Mit den Fingerspitzen wandert sie an meinem nassen Shirt entlang, greift nach dem Saum und schiebt es nach oben.

»Du sollst das lassen, Deborah«, versuche ich mich in lahmer Gegenwehr, doch sie lacht mich nur aus und fummelt an meiner Jeans herum.

»Fass mich endlich an, Mason«, flüstert sie auffordernd und leckt sich mit der Zunge über den Mund. »Komm schon, Daddy!« Mit diesen Worten geht sie vor mir auf die Knie und ich keuche auf.

In einem letzten Versuch der Gegenwehr will ich sie von mir stoßen, doch ich schaffe es nicht, weil ihre geschickten Finger bereits meinen Ständer massieren, der keine glaubhafte Ausrede mehr zulässt. »Deborah, bitte, das geht nicht, wir dürfen das nicht, du …«

»Mason«, attackiert sie mich scharf. »Du willst mich schon ficken, seit du mich das erste Mal gesehen hast. Jetzt mach hier nicht einen auf heiligen Vorzeigedaddy, sondern besorg es mir endlich!«

Ein tiefes Grollen steigt aus meiner Kehle, als ihre Hand meinen Schwanz mit festem Druck umfasst und keinen Widerspruch mehr duldet. Es ist vorbei. Sie hat gewonnen, was mir der eindeutige Augenaufschlag zeigt, den sie nun vollbringt. Meine ganze Aufmerksamkeit liegt auf ihrem Schmollmund, den sie sich mit ihrer Zunge erneut glänzend leckt, nur um sich kurz darauf in einem zufriedenen Seufzen damit über meinen Schwanz zu schieben, an ihm zu saugen und mich schon mit ihrem perfekten Zungenspiel in ungeahnte Höhen befördert. Vergessen ist alles, was mich bis eben noch zurückgehalten hat und ich greife mit meiner Hand in ihre dichten, blonden Haare, um den Rhythmus vorzugeben, mit dem sie mich bearbeitet.

Irgendwann hält sie inne und steht auf, was mir nur recht ist, weil ich endlich diese perfekten Titten anfassen will, von denen ich schon seit Wochen jede Nacht träume. Mit einem einzigen Griff habe ich sie aus dem wenigen Stoff, der ihren Oberkörper bedeckt, geschält.

Ihre Nippel sind steinhart und ragen wollüstig zu mir auf, verlangend, lechzend. Ich gebe ihnen, wonach sie wortlos schreien und senke meinen Mund auf sie hinab, sauge, lecke, beiße, bis auch diesem durchtriebenen Biest vor mir ein Laut der Entzückung entweicht.

»Du willst also, dass ich dich anfasse, ja?«, raune ich dunkel und kneife unsanft in ihre Nippel. Sie stöhnt wohlig unter meinen durchaus geschickten Fingern. »Du willst also, dass ich dich ficke?«, frage ich weiter. Während ich ihre Titten bearbeite, steige ich komplett aus meiner Hose und greife mit meinen Händen unter ihren Rock, schiebe meinen Finger ohne Vorwarnung tief in sie hinein, begreife, was ich eben bereits ahnte. Kein Slip. Ihre glühende Mitte ist tatsächlich absolut glatt und wartet nur darauf, von mir erobert zu werden.

»Ja, Daddy«, keucht sie an meinem Ohr, als ich sie hochhebe und ihre Beine sich auf der Stelle in meinem Rücken verhaken.

Meine Schwanzspitze massiert dabei ihre empfindlichste Stelle und ihren Rock habe ich so hoch geschoben, dass meinem Blick nichts mehr an ihr verborgen bleibt, als ich sie nun auf die Waschmaschine setze, ihren Oberkörper nach hinten und zeitgleich ihre Schenkel weit auseinander drücke.

»Du bist ein berechnendes Biest«, erkläre ich leise und betrachte sie eingehend, lasse meine Finger über die Innenseiten ihrer Oberschenkel gleiten und bestaune das perfekte Ergebnis ihres Waxings.

Deborahs Körper windet sich vor mir und ich sehe, wie nass und bereit sie für mich ist. Langsam lasse ich meinen Finger erneut in sie gleiten. Sie ist so unglaublich eng! Meine Lust explodiert, mein Schwanz zuckt nervös, doch ich kann mich noch nicht von diesem Anblick lösen, schiebe erst einen, dann zwei Finger immer wieder tief in sie hinein, während ihre Titten unter meinen Stößen tanzen und ihr Stöhnen meine Muskeln arbeiten lässt.

»Willst du noch immer, dass ich dich ficke, Deborah?«, frage ich atemlos, denn ich erkenne, wie kurz davor sie bereits ist, zu explodieren. Aus ihrer Mitte tropft es nur so heraus und ich kann kaum glauben, wie sehr alles, was ich an ihr bearbeite, unter meinen Fingern anschwillt und nach Erlösung zu schreien scheint.

»Oh ja, Daddy, fick mich endlich!«, ruft sie atemlos, und ich brauche nicht lange, um meine Finger aus ihr zu entfernen, ihren vor Erregung zitternden Körper herumzudrehen und bäuchlings vor die Waschmaschine zu drücken.

»Das werde ich jetzt«, drohe ich dunkel, während mein Schwanz sich bereits gegen ihren Hintern drängt und die überaus feuchte Spalte sucht. Meine Hände wandern nach vorne, umfassen ihre Hüften und halten sie, während ihre Nippel mit jedem Stoß, den ich nun mache, auf der Waschmaschine aufschlagen.

Diese Enge, dieser Ort, die Geräusche, die dieses Biest von sich gibt, die Bilder in meinem Kopf, ... das alles vermischt sich zu einer einzigartigen Welle der Lust, der ich mich nun bereitwillig und ungezähmt hingebe. Ich kann nicht behaupten, dass ich sie zärtlich nehme. Oh nein. Deborah wollte es nicht anders. Ich stoße mich zwischen sie, lasse dieser anregenden Mischung aus Lust und Wut freien Lauf und schiebe mich immer wieder und unbarmherzig in ihre Enge, die mich schier um den Verstand bringt, bis die animalische Lust mich vollends im Griff hat, durch meinen Körper strömt und mich dumpf aufschreien lässt, als ich mich tief in ihr ergieße.

Dann setzt mein Gehirn wieder ein und ich ziehe mich, panisch wankend, aus ihr zurück. Klebrig und überfordert raufe ich mir mit meinen Händen die Haare und lasse meinen fassungslosen Blick über das schweifen, was ich angerichtet habe. Ich habe die Freundin meiner Tochter gefickt! Ich habe mich tatsächlich von ihr um den Finger wickeln lassen. Das Schlimmste daran ist, dass mein Schwanz noch immer zuckt und sich am liebsten erneut in irgendeine ihrer faszinierenden Körperöffnungen rammen würde. Oh Hell, dieser Fick war echt gut!

Das diabolische Grinsen, welches sich auf Deborahs Gesicht ausgebreitet hat, verheißt nichts Gutes. Schweigend erhebt sie sich von der Waschmaschine, zieht ihren Rock zurecht und bückt sich dann, um nach BH und Oberteil zu greifen. Erst, als sie wieder vollständig bekleidet ist, wenn man das so nennen will, erwidert sie meinen Blick.

»Das war verdammt gut, Mason«, sagt sie nur und will an mir vorbei.

Doch die Rechnung hat sie ohne mich gemacht. Ich ergreife ihre Handgelenke, noch bevor sie die Tür auch nur annähernd erreicht hat. »Was zur Hölle willst du von mir, Deborah?«, zische ich leise, »Was bezweckst du mit alledem?«

»Oh Daddy«, säuselt sie mit unschuldigem Augenaufschlag.

»Lass das«, mahne ich und halte sie zurück, weshalb ihr Körper sich wieder an mir reibt wie ein schnurrendes, verspieltes Kätzchen. Dummerweise reagiert mein Schwanz sofort.

»Dann lass mich los, Mason«, antwortet sie, tritt ein Stück zurück und begutachtet mich plötzlich von oben herab mit einem absolut feindseligen Blick.

»Warum sollte ich?«, frage ich und verstärke provozierend meinen Griff.

»Weil ich sonst laut schreien werde, *Daddy*«, droht sie mir. Die Art und Weise, wie sie das sagt, lässt keinen Zweifel daran. »Weil du mich gefickt hast, *Daddy*.«

»Na und?«, kontere ich und versuche, überzeugend zu klingen. »Du bist volljährig. Du hast mich verführt. Ich frag mich langsam, was das alles hier soll, Deborah!«

Ihr wissendes Kichern bereitet mir eine Gänsehaut. Es ist ein abgrundtief falsches Lachen, welches nun aus ihrer Kehle empor steigt. In ihrer ganzen Körpersprache liegt etwas so Verlogenes, etwas so Berechnendes, dass mir sofort wieder schlecht wird.

»Was verdammt nochmal ist so lustig, hm?«, schreie ich sie an und fühle mich neben ihr nackt und verletzlich. Was ich auch bin.

»Ich bin noch nicht einmal siebzehn, *Daddy*«, antwortet sie nun, und mein Herz bleibt stehen. »Du hast mich gefickt. Du hast mich betrunken gemacht, hierher gelockt und dann gegen meinen Willen rücksichtslos gevögelt.«

»Nein«, rufe ich, lasse meine Hände sinken und weiche ein Stück vor ihr zurück. »Du bist volljährig! Du hast das Schuljahr wiederholt! Du bist …«

Ihr helles Lachen ist mir Antwort genug. Sie hat gelogen. Sie hat uns allen die ganze Zeit etwas vorgemacht.

»Keiner wird dir glauben«, zische ich, wenig überzeugt von meinen eigenen Worten.

»Deine Geilheit tropft gerade aus mir heraus, Mason. Mein Top ist schnell zerrissen. Und du weißt bereits, dass ich eine hervorragende Schauspielerin bin. Wem werden sie wohl glauben, hm?«

Diese Drohung lässt mich aufblicken. »*Was* willst du, Deborah?« frage ich erneut.

Schulterzuckend dreht sie sich zur Tür. »Man weiß nie, was so passiert. Oder, *Daddy*?«

»Nimmst du wenigstens die Pille?«, frage ich fast panisch, doch sie antwortet mir nicht mehr und verschwindet einfach.

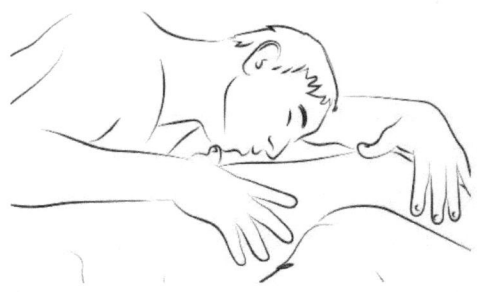

Heath

Seit Josh und ich die Kleine in New York gevögelt haben, hat sich zwischen uns etwas verändert. Ich kann nicht genau beschreiben, was es ist, aber die Luft zwischen uns wird jedes Mal ein wenig dünner, wenn wir uns sehen. Ich spüre diese Spannung, die im Raum steht und ich bin davon überzeugt, dass auch Josh sie fühlt. Doch er erwähnt diesen Abend mit keinem Wort. Immer, wenn ich beginne, das Gespräch auf Page zu lenken, wechselt er das Thema.

Ich weiß, dass ihn diese ganze Geschichte genauso angemacht hat wie mich, dabei war der ganze Plan eigentlich ein komplett anderer. Es war nur eine Wette, die wir niemals als realistisch angesehen hätten – bis Page uns eines Besseren belehrte. Niemals hätte ich auch nur im Ansatz daran geglaubt, ausgerechnet an diesem Abend eine Frau zu finden, die sich so spontan und selbstverständlich auf einen Dreier mit uns einlässt! Ihre süße Freundin konnte es wohl ebenfalls kaum fassen. Zu gerne hätte ich sie mit ins Boot geholt, aber ihr Blick sprach Bände und ich wusste, dass jeder noch so geschickte Versuch vergebene Liebesmüh gewesen wäre.

Der Moment, in dem Josh meinen Schwanz erst massierte und mir dann auch noch wie selbstverständlich das Gummi überstülpte, war prickelnder als alles andere an diesem ganzen verrückten Abenteuer. Wie gerne würde ich ihm von meinen Gefühlen dabei erzählen! Wie gerne würde ich auch ihm genau diese Wonne bereiten!

Seine Reaktion auf mich war echt, dessen bin ich mir absolut sicher. Josh hat meinen Anblick und den Moment, mich zu berühren, genauso genossen wie ich. Als ich unter Page lag und sie von hinten genommen habe, trafen sich unsere Blicke, während er sie zeitgleich auf mir fickte. Ich habe mir in diesem Moment nichts mehr gewünscht als meinen Schwanz in niemand anderen als in ihn zu schieben. Doch davon ahnt er nichts. Er weiß nicht, wie sehr ich danach lechze, ihn zu berühren, wie sehr ich seine Nähe brauche. Josh ist mein Untergang. Ich hätte so etwas niemals für möglich gehalten.

Es ist jetzt etwas mehr als drei Jahre her, seit wir uns an der Uni kennengelernt haben. Josh war dabei, Flyer für eine Campusparty zu entwerfen, statt der Vorlesung zu folgen, und ich habe ihm aus der Patsche geholfen, als der Prof ihn plötzlich auf den Prüfstand stellen wollte.

Seither sind wir wohl sowas wie beste Kumpel, denn tatsächlich haben wir im Laufe der folgenden Wochen viele Gemeinsamkeiten entdeckt. Eine davon ist wohl die Liebe zu chromglänzenden Maschinen und Rockmusik, was uns schon so einige gemeinsame Wochenendtrips beschert hat.

Mittlerweile bewohnen wir sogar eine gemeinsame WG und wollten den Trip nach New York dazu nutzen, unsere Band zu promoten, die ein weiteres unserer gemeinsamen Hobbies darstellt. Dass es ausgerechnet dort so verrückt mit uns enden musste, konnte wirklich keiner ahnen. Aber seither zieht Josh sich vor mir zurück und ich bekomme ihn kaum noch zu Gesicht. Kurzum: ich fürchte, wir haben ein ernsthaftes Problem.

Heute steht eine wichtige Bandprobe an und ich hoffe, ihn wenigstens dort anzutreffen, wenn er sich schon neuerdings die Nächte ohne mich um die Ohren schlägt. Tatsächlich ist Josh bereits dabei, sich auf seiner Gitarre aufzuwärmen, als ich den Kellerraum der alten Kneipe betrete, der uns als Übungsraum dient. Er bemerkt mich nicht sofort und ich kann seine überaus flinken Finger dabei beobachten, wie sie nur so über die Saiten sausen. Sein entspannter Gesichtsausdruck weicht jedoch sofort einem leicht gequälten Leiden, das mir bis ins Herz sticht, als er seinen Blick hebt und meine Anwesenheit registriert.

»Hey«, grüße ich ihn, »können wir …«, doch er nickt nur kurz und vertieft sich sofort wieder in seine Fingerübungen. Seufzend greife ich nach dem Bass und tue es ihm gleich. So langsam weiß ich nicht mehr, wie ich noch auf ihn zugehen soll und habe die unterschwellige Befürchtung, dass unsere Freundschaft seit New York in wirklicher Gefahr ist.

Die ganze Probe wird sehr wortkarg, was sicherlich auch damit zusammenhängt, dass unser Schlagzeuger noch nie ein Mann großer Worte war und Brad, unser Lead Sänger, seine eh schon heisere Stimme schonen muss, weshalb er neben den Vocals nur das Nötigste von sich gibt.

»Stress auf Love Island?«, ist eine dieser geistreichen Bemerkungen, die Joshs Finger abrupt innehalten und mich trocken schlucken lassen.

»Was meinst du?«, brumme ich nur, tue unbedarft und beginne damit, die Kabel auf dem Boden zu entwirren.

»Ach nichts. Hab nur Augen im Kopf«, krächzt er und bedenkt mich mit einem bedeutungsvollen Blick, dem ich tapfer Stand halte. »Wie war`s in New York? Seid ihr erfolgreich gewesen?«

»Es war … schön«, stottere ich leise und suche den Blick meines bis dato besten Freundes, dessen Fingerknöchel vor Anspannung schon weiß hervor treten. Doch er reagiert nicht und fährt unbeirrt mit seinen Fingerübungen fort.

»Jetzt lasst euch doch nicht alles aus der Nase ziehen!« Die heisere Stimme unseres Sängers klingt echt übel. »Sagt schon! Habt ihr was Cooles erlebt? Haben wir einen neuen Gig in Aussicht?«

»Es war … super«, erkläre ich deshalb mit fester Stimme, sodass auch Josh endlich aufblickt. »Unser Wochenende dort war echt cool und … besonders.« Erst schlucke ich, dann fixiere ich Josh mit meinem Blick. Was soll`s. vermutlich ist unsere Freundschaft eh im Arsch. »Wir haben nette Leute kennengelernt und einen verdammt einzigartigen Abend zusammen verbracht.« Josh muss einfach verstehen, was ich ihm damit sagen will. Seine Fingerknöchel brechen auf jeden Fall gleich durch. »Aber einen neuen Gig konnten wir leider nicht an Land ziehen«, beende ich meine kurzen Ausführungen. »So sorry.«

»Fuck«, höre ich Brad neben mir, der nur frustriert seinen Kopf schüttelt. »Wir brauchen echt dringend mal wieder ein bisschen Werbung!«

Kaum haben wir unsere Probe beendet, springt Josh auf und greift nach seiner Lederjacke. »Bis nächste Woche, Jungs«, höre ich ihn rufen, dann ist er auch schon durch die Tür geschlüpft. Kopfschüttelnd sehe ich ihm nach.

»Jetzt hau schon ab«, fordert Brad mich krächzend auf, was ich mir nicht zweimal sagen lasse. Ich kann verdammt nochmal nicht mehr länger so weitermachen.

»Josh«, brülle ich ihm in dem langgezogenen Flur hinterher, denn ich kann nur noch seinen Schatten am Ende erkennen, der sich zügig bewegt und trotz meines lauten Rufens nur für den Bruchteil einer Sekunde inne zu halten scheint.

Als ich die schwere Tür öffne, von der aus man direkt in die Kneipe über unserem Proberaum gelangt, steht er bereits mit dem Rücken zu mir an einem der hinteren Billardtische und unterhält sich angeregt mit einer langbeinigen, exotischen Schönheit. Ich setze mich an die Bar und bestelle ein Bier. Eigentlich will ich ihm nicht hinterherlaufen. Ich möchte nicht um eine Freundschaft betteln, die wir gemeinsam zerstört haben. Außerdem dachte ich ernsthaft, er würde genauso für mich empfinden wie ich für ihn. Ich habe tatsächlich angenommen, Josh hätte längst begriffen, welche Gefühle er in mir auslöst. Ich mag ein breitschultriger Rocker sein, der keiner körperlichen Auseinandersetzung aus dem Weg geht. Die Leute schrecken vor mir zurück, wenn ich mit meiner dicken Maschine angebraust komme und denken, ich wäre ein durchtriebener Höllenhund. Das bin ich auch. Viel zu oft. Aber ich habe auch eine andere Seite. Ich bin sensibel und ich habe ein Herz. Eines, das genau in dem Moment in Fetzen gerissen wird, als ich mein Bier leere und den Blick wieder zum Billardtisch schweifen lasse. Kurz verschlucke ich mich.

Josh und diese dunkelhaarige Schönheit haben es sich gemeinsam auf einem Stuhl bequem gemacht und ich brauche nicht viel Fantasie, um mir vorzustellen, wie der Abend für die beiden wohl weitergehen wird. Ihre Hand jedenfalls hat sich bereits zielstrebig den richtigen Weg gebahnt und ich springe wutentbrannt vom Barhocker, als sich Joshs und mein Blick treffen, während er seine Zunge auffordernd in ihren Mund schiebt.

Es reicht. Ich habe genug gesehen und fahre auf direktem Weg nach Hause, wo ich mich frustriert auf die Couch schmeiße und durch die Fernsehprogramme zappe, ohne wirklich etwas wahrzunehmen. Ich schrecke erst aus meinen melancholischen Gedanken hoch, als ich einen Schlüssel im Schloss höre. Zumindest kommt er nach Hause und bleibt nicht über Nacht bei seiner Eroberung.

»Na, Spaß gehabt?«, frage ich zynisch, als Josh unsere WG betritt.

»Geht so«, lautet seine leise Antwort, die mich nun doch dazu bringt, aufzublicken.

»Ach«, brumme ich. »Spricht er also wieder mit mir?« Ich bin echt angepisst.

Josh macht direkt vor mir Halt und hat anscheinend Redebedarf. Das hatten wir ja lange nicht mehr. »Der Abend war ehrlich gesagt scheiße.«

»Hm. Warum? Sah für mich ganz eindeutig nach Spaß aus«, hake ich also nach und balle dabei meine Hände zu frustrierten Fäusten. Ich weiß nicht, warum ich ihm überhaupt diese Frage stelle. Ich will gar nicht wissen, was er mit dieser Frau in der Kürze der Zeit alles angestellt hat. Mein Magen krampft sich zusammen und ich weiche nun doch seinem Blick aus, den ich so lange vermisst habe. Tiefgründig. Intensiv. Voller Gefühl.

»Hab` keinen hochgekriegt«, höre ich ihn sagen und erstarre. Im Gegensatz zu ihm habe ich damit kein Problem, das spüre ich schon jetzt ganz deutlich. »Ich geh erstmal duschen«, informiert er mich knapp und lässt mich mit sich überschlagenden Gedanken auf der Couch zurück, die ich nur mühsam wieder sortiert bekomme. Die Dusche scheint ewig zu plätschern und ich bin kurz versucht, ihm einfach zu folgen. Doch ich brauche diese Zeit, um mich zu sammeln.

Irgendwann verstummt das Wasser und Josh kommt, nur mit einem Handtuch um die Hüften und nassen Haaren, zu mir geschlendert. Ich mag das große Tattoo auf seinem Oberarm, welches sich in dunklen Linien bis auf seine Brust zieht. Ein Löwe, eingefasst in verschiedene, schwarze Muster. Genau wie er. Eine Raubkatze mit durchdringendem Blick. Ein kraftvoller Löwe mit einer Aura voll dunkler Geheimnisse, die ihn zu verschlingen drohen. Froh, bereits zu sitzen, wandert mein verwirrter Blick zu ihm, als er sich vollkommen selbstverständlich neben mich auf die Couch fallen lässt. Lange sagt keiner von uns auch nur ein Wort. Meine Finger spielen nervös an der Fernbedienung herum, während er seine eigenen ruhig im Schoß hält.

»Wir haben einen Gig«, erklärt er mir dann. Verwirrt blicke ich ihn an, doch er zuckt nur mit den Schultern. »Dieser Alan Pierce von *Pierce Universal* hat sich gerade eben bei mir gemeldet. Ihm gefällt unser Demo Tape und er will uns kennenlernen.«

»Aber«, stammele ich überfordert, »das hört sich nach mehr als einem einfachen Gig an, das ist ja …«

»Der Wahnsinn«, beendet Josh den Satz für mich, bevor wir, gefangen in einer seltsamen Aura, erneut in einvernehmliches Schweigen verfallen.

Josh bricht es zuerst. »Du hattest übrigens recht«, tönt seine raue Stimme an mein Ohr.

»Äh … Womit?«, frage ich neugierig.

»Was unseren Trip nach New York betrifft«, klärt er mich auf. »Er *war* einzigartig. Und besonders.«

»Hm«, nicke ich vorsichtig, denn ich weiß noch nicht so genau, worauf das hier hinausläuft und bin vollkommen gefesselt von dem Gefühl, das seine Schulter an meiner hervorruft, nur, weil sie sich ganz leicht berühren. Jetzt greift er nach meiner Hand und entwendet mir die Fernbedienung, was meinen Herzschlag sofort verdreifacht.

»Ich …«, druckst Josh leise herum. Meine gesamte Aufmerksamkeit liegt auf seinen wunderschön geschwungenen Lippen, die mich anziehen wie Magnete. Er verstummt. Seine Finger verhaken sich in meinen und mir wird heiß und kalt zugleich. Unsere Blicke verschmelzen miteinander und ich kann nichts dagegen tun, als sich meine freie Hand wie von alleine auf seine Wange legt und mit dem Daumen fast ehrfürchtig über seinen Mund und den kratzigen Dreitagebart streicht.

Josh schließt schwer atmend die Augen und lehnt sich zurück, was mich mutiger werden lässt, obwohl mich das alles hier noch immer vollends verwirrt. Mein Herz stolpert wie wild in meiner Brust. Mit den Fingerspitzen fahre ich über sein Kinn, seinen Hals entlang, berühre seine Schlüsselbeine und umkreise irgendwann seine Brustwarzen, die sich unter meiner Berührung aufrichten. Josh seufzt.

»Spiel nicht mit mir«, bitte ich ihn leise, was dazu führt dass er seine Lider öffnet und mich mit glasigem Blick anstarrt.

»Ich spiele nicht mit dir, Heath«, flüstert er mit belegter Stimme. Ich halte in meiner Berührung inne, doch er greift sofort nach meinen Händen und legt sie zurück auf seine warme Brust, unter der ich seinen rasenden Herzschlag spüren kann. Mein Mund ist trocken, doch ich schlucke verwirrt und versinke in seinen wunderschönen Augen. »Ich weiß nicht, was das zwischen uns ist«, erklärt er mir dann. »Ich fühle mich seltsam ..., seit New York, ... es fühlt sich alles zwischen uns plötzlich so anders an.«

»Geht mir genauso«, stimme ich ihm zu. Meine Emotionen spielen Achterbahn.

»Aber was ist mit uns ... zwischen uns passiert?« fragt er weiter. »Ich kann diese Nacht einfach nicht vergessen, Heath. Und damit meine ich nicht diese Page, obwohl die echt heiß war. Ich meine ... du ... diese Situation ...« Meine Finger streicheln weiter über seine Brust, wandern langsam und zögerlich tiefer, um sein Sixpack zu erkunden. Erneut stöhnt Josh leise auf.

»Ja, diese Page war heiß«, nicke ich zustimmend. »Aber ...«, langsam umkreisen meine Finger jetzt seinen Bauchnabel, »du bist viel heißer. Ich denke seither Tag und Nacht nur an dich und an das, was wir getan haben. Verdammt, ich …, es war nicht Page, die mich so angemacht hat.«

Bei diesen Worten erfasst er meine Handgelenke und hindert mich daran, ihn weiter zu streicheln. Langsam zieht er mich näher an sich heran, entlässt mich dabei jedoch nicht eine Sekunde aus seinem fesselnden, gierigen Blick, der sich nun dunkel auf meine Lippen senkt, die sich bereits willig für ihn öffnen.

Ich hätte nie gedacht, dass ich jemals einen Mann küssen würde. Niemals hätte ich es auch nur im Ansatz für möglich gehalten, einmal solche Gefühle zu entwickeln. Bis vor einer Woche war ich absolut und unwiderruflich davon überzeugt, hetero zu sein. Doch anscheinend bin ich das nicht. Ehrlich gesagt habe ich in diesem Moment überhaupt keine Ahnung, was ich bin. Schwul? Bi? Und spielt das überhaupt eine Rolle?

Mein Herz rast und ich bin noch nie so glücklich gewesen wie in diesem einzigartigen Moment, in dem seine Zunge meine Lippen teilt. Mich überrollt eine Welle der Lust, für die ich keine Worte finde. Dieser Kuss ist intimer als alles, was wir bereits gemeinsam erlebt haben. Wir trinken einander und erforschen den Mund des anderen, als könnten wir es kaum erwarten, mehr davon zu kosten.

Und das tun wir. Vergessen ist meine unsichere Zurückhaltung, als Bilder in meinen Gedanken aufblitzen, wie er mich bereits gesehen und berührt hat. Alles an mir schreit danach, meinen Schwanz wieder seinen starken Händen anzuvertrauen, die ihn schon einmal so perfekt massiert und berührt haben. Josh scheint ähnliche Gedanken zu haben. Kurzerhand zieht er mich nun auf seinen Schoß, was meiner Kehle ein tiefes, zufriedenes Grollen entlockt. Mit einem Mal scheint er überhaupt kein Problem mehr damit zu haben, einen hochzukriegen.

Zwischen meinen Beinen pulsiert und zuckt es bereits willig, und als mein drängender Schwanz seine Härte durch das Handtuch hindurch spürt, kann ich es kaum noch aushalten. Mit geschickten Fingern schält Josh mich aus meiner Jeans und ich brauche nur eine Handbewegung, um ihm das feuchte Handtuch von den Hüften zu reißen. Seine Lust reckt sich mir glänzend entgegen und ich kann nicht anders, als von seinem Mund abzulassen und endlich das zu tun, wovon ich seit New York jede Nacht träume.

Langsam rutsche ich von seinem Schoß und vor ihm auf die Knie, von meiner eigenen Lust beflügelt und so erregt, dass ich schier platzen könnte. Sein Schwanz reckt sich auffordernd in die Höhe und der Lusttropfen daran wartet nur auf mich und meine gierige Zunge, die sich nun ganz langsam und vorsichtig an dieses neue Gefühl herantastet und hungrig an ihm leckt, bevor meine Lippen sich willig für ihn teilen.

»Oh verdammt, Heath!«, wimmert Josh bereits nach kurzer Zeit und ich spüre seine Härte in meinem Mund noch weiter wachsen, sauge an seiner Spitze, weiß genau, was ihn fast zum Abheben bringt, bevor er zu mir auf den Boden rutscht und mich durch seine bloße Berührung bereits in andere Sphären befördert.

Atemlos liegen wir ineinander verschlungen auf dem Teppich und können nicht damit aufhören, uns gegenseitig zu berühren und unsere Körper mit Küssen zu übersäen. Ich lasse mich vollends fallen und habe mich noch nie in meinem Leben so verstanden gefühlt wie in seinen Armen. Ich muss ihm nicht sagen, was ich möchte oder wie es mir gefällt. Josh weiß es einfach.

»Wow«, flüstert er irgendwann, während meine Hand träge über seinen Rücken streichelt.

»Ja«, nicke ich fast unmerklich. »Wow.«

»Und wie geht das jetzt weiter?«, fragt er leise.

»Was meinst du?«

»Na, das mit uns«, erklärt er mir dann. »Wie soll das mit uns jetzt weitergehen?«

»Keine Ahnung«, antworte ich wahrheitsgemäß und zucke in seinen Armen mit den Schultern. »Wir spielen bei *Pierce Universal*, werden weltberühmt, kaufen uns ne Villa mit Pool, ein paar niedliche Hunde, ne Harley ... und lassen es uns gut gehen?«

»Okay«, seufzt er und sucht erneut meine Lippen, um sie kurz darauf zärtlich zu teilen. »Klingt nach einem perfekten Plan.«

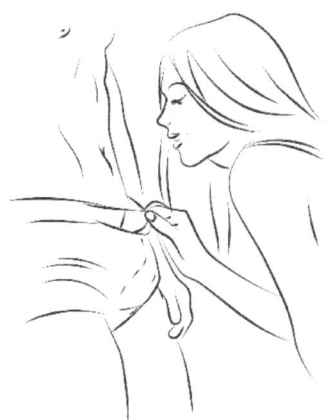

Deborah

Es ist so unglaublich einfach! Diese untervögelten Familienväter sind wirklich unfassbar leichte Beute. Nie hätte ich geglaubt, dass Jackie damit recht haben könnte, aber ich bin froh, es dennoch ausprobiert zu haben. Mason ist bereits mein neuntes Opfer. Und wie jeder andere *Daddy* ist er voll und ganz auf meine Masche hereingefallen. Natürlich bin ich keine sechzehn mehr. Und ich bin auch nicht die unschuldige, neu zugezogene Schülerin, die ich ihm und seiner naiven Tochter bereits wochenlang vorgespielt habe. Aber ich lasse sie in dem Glauben, denn genau das ist mein Ziel.

Der liebe Mason hat mich gefickt. Zugegeben, er war verdammt gut für einen eingerosteten Familienvater mitten in der Midlifecrisis. Auf einer Skala von eins bis zehn gebe ich ihm eine glatte neun, und das ist mit Abstand sehr viel mehr, als die anderen Daddys bisher von sich behaupten konnten. Was für Weicheier ich doch schon zwischen meinen Beinen und in mir hatte! Mehr oder weniger. Manche haben schon abgespritzt, bevor sie meine Muschi überhaupt berührt haben. Oh Gott, bitte, lass mich nie als Ehefrau eines solchen Versagers enden!

Jetzt stehe ich im Bad und zupfe meine spärliche Kleidung zurecht. Masons Saft tropft noch immer aus mir heraus, aber da ich noch nicht sicher weiß, wie er auf all das reagieren wird, belasse ich es vorerst dabei und reinige mich nur notdürftig. Es ist bei angetrunkenen Familienvätern definitiv von Vorteil, die Zügel so lange wie möglich fest in der Hand zu halten.

»Nimmst du wenigstens die Pille?«, hat er mir hinterher gerufen und ich weiß, dass er diese Antwort noch aus mir herausquetschen wird. Natürlich nehme ich die Pille. So dämlich bin ich nun auch wieder nicht und ein Kind wäre wirklich das Allerletzte, was ich jetzt gebrauchen könnte.

Zugegeben, die Gefahr, der ich mich aussetze, mich auch mit anderen Krankheiten anzustecken, ist nicht von der Hand zu weisen. Doch wenn ich genauer darüber nachdenke, so ist sie bei diesen aus der Übung geratenen Mittvierzigern, die ich aufgrund purer Berechnung ficke, wohl eher zu vernachlässigen.

Als ich die Badezimmertür öffne, wartet Mason bereits auf mich. »Na, doch noch nicht genug, *Daddy*?« grinse ich frech. Tatsächlich wäre ich bereit für eine zweite Runde, in der er es mir erneut so heftig besorgt wie gerade eben. Das ist neu. Normalerweise verliere ich sofort das Interesse an meinen Daddys, wenn ich sie gefickt und dort liegen habe, wo ich sie sehen will. Winselnd am Boden.

»Ganz im Gegenteil, Deborah«, zischt Mason jetzt leise und drängt sich zu mir ins Bad. Dieses Spielchen kenne ich schon. Erst kommt die Wut, dann die Panik. Gleich wird er mich anbetteln und mir alles geben, was ich will.

»Du brauchst dir keine Sorgen machen«, beginne ich meinen üblichen Monolog, werde jedoch harsch unterbrochen.

»Ich brauch mir *keine Sorgen machen*? Willst du mich verarschen?«

»Ich wollte damit nur sagen, dass ich selbstverständlich die Pille nehme. Aber wo du es gerade ansprichst, ich bin mir wirklich nicht mehr sicher, ob ich sie in den letzten Tagen genommen habe … mein Gedächtnis … das alles … deine ständigen Überfälle, das ist irgendwie langsam zu viel für mich.« Theatralisch fasse ich mir an die Stirn und grinse ihm frech ins Gesicht.

»Was willst du, Deborah?«, droht er nun dunkel. »Ich habe keine Lust mehr auf deine Spielchen.«

Ich erkenne, dass er kurz davor ist, die Beherrschung zu verlieren. Unser Fick hat ihn kurzfristig ausgenüchtert, doch ich glaube nicht, dass dieser Zustand noch lange anhält.

»Für heute sind wir fertig«, gurre ich versöhnlich. »Vielleicht komme ich morgen wieder auf dich zurück. Wobei …«, kurz halte ich inne und tue so, als müsste ich ernsthaft überlegen. »Ich will 500 Euro, Mason. Deine Tochter und ich gehen morgen shoppen. Du willst doch nicht, dass sie mir die Show stiehlt, oder?«

»Bist du jetzt vollkommen übergeschnappt?«

»600«, antworte ich trocken.

»Deborah, ich …«

»700. Wir können dieses Spiel noch die ganze Nacht spielen, Mason. Am Ende gewinne ich. Das wissen wir beide.«

»So viel Geld habe ich hier nicht rumliegen, verdammt. Dazu muss ich zur Bank.«

»Kein Problem«, nicke ich nur. »Da ich bei euch schlafe, kannst du es mir morgen nach dem Frühstück geben. Sicher findet sich ein heimlicher Übergabeplatz. Wie wäre es mit eurer Waschküche? Da werden doch Erinnerungen wach, oder, *Daddy*? Um elf?«

»Du bist ein Miststück«, stellt er fest und bringt mich damit nur zum Lachen.

»Man hat mich schon schlimmer betitelt.«

»Treib es nicht zu weit, Deborah«, droht er leise, doch ich gluckse nur und schlüpfe durch die Tür, bevor er mich erneut daran hindern kann, das Bad zu verlassen.

Die Nacht ist kurz, doch ich bin mehr als zufrieden. Masons Tochter jedoch treibt mich in den Wahnsinn. Sie hört nicht auf zu reden, kaum dass sie ihre Augen geöffnet hat und nervt mich über die Maßen, was ich mir natürlich nicht anmerken lasse und ihr, scheinbar interessiert, aufmerksam lausche. Sie hat gestern Abend tatsächlich zum ersten Mal einen waschechten Schwanz durch ihre Hände gleiten lassen und kriegt sich gar nicht mehr ein. In aller Ausführlichkeit beschreibt sie mir jeden intimen Moment zwischen Jackson und ihr. Ihre Ausführungen über die Beschaffenheit seines kleinen Freundes klingen mir etwas übertrieben, doch er scheint definitiv besser bestückt zu sein, als es auf den ersten Blick den Anschein macht.

So wie Mason. Sein Schwanz hat mich perfekt ausgefüllt und meine Erwartungen definitiv übertroffen. Ich mag vielleicht aussehen wie eine zerbrechliche Barbiepuppe, aber ich steh drauf, grob angefasst zu werden. Mason musste ich nicht im Ansatz etwas vorspielen. Das hat bisher keiner meiner Daddys geschafft und ich überlege tatsächlich, unser kleines Spielchen noch ein bisschen auszureizen. Dass bei ihm deutlich mehr zu holen ist als läppische 700 Euro steht außer Frage.

Mason schweigt während des gesamten Frühstücks und würdigt mich keines Blickes. Seine Frau hingegen strahlt aufgrund der frischen Brötchen, die er heute früh aufgrund seiner Spontangenesung extra beim Bäcker geholt hat. Dass direkt neben der Bäckerei ein Geldautomat steht, interessiert dabei nur Mason und mich. Seine Frau jedenfalls scheint nach ihrem gestrigen Theaterabend schon wieder in Aufbruchsstimmung. Heute steht ein Museumsbesuch auf der Agenda. Als Ehefrau wäre sie mir definitiv zu anstrengend, soviel steht fest.

Kaum haben wir den letzten Bissen heruntergeschluckt, wünscht sie uns einen schönen Tag und ist auch schon wieder verschwunden. Mason brummt sich etwas in den Bart, was ich nicht verstehe, während sein jüngster Spross sich ins Bad und unter die

Dusche verzieht. Perfekte Voraussetzungen für meinen Plan. Ich husche ungesehen in die Waschküche, während Mason noch mit dem klappernden Geschirr und dem Einräumen der Spülmaschine beschäftigt scheint. Leise schließe ich die Tür und orientiere mich nur mithilfe meines Handys im Raum, weil ich mich nicht durch einen Lichtstrahl, der unter der Tür hervortritt, vorab verraten will. Das hier ist auch für mich neu. Ich habe noch nie den gleichen Daddy zweimal gevögelt, aber bei Mason schreit mein Körper förmlich danach.

Leise lasse ich meine Klamotten fallen und beginne mit den Vorbereitungen. Mason wird in wenigen Minuten hier auftauchen und ich bin mir ziemlich sicher, dass er sich nicht verspäten wird. Auch ihm muss klar sein, dass seine Tochter nicht ewig unter der Dusche steht.

Splitterfasernackt setze ich mich auf die Waschmaschine, die uns erst gestern als perfekte Ablage gedient hat und beginne damit, mich selbst zu streicheln. Darin bin ich geübt. Ich kenne meinen Körper und weiß, wie ich mich schnell in Stimmung bringe. Schon spüre ich ein Ziehen in meinem Unterleib und die zunehmende Feuchte zwischen meinen Beinen. Was das angeht, kann ich mich nicht beschweren. Kaum denke ich an Sex, bin ich auch schon mehr als bereit. Für meine heutigen Pläne ist diese Tatsache durchaus von Vorteil. Grinsend zücke ich den Vibrator und schiebe ihn mir tief rein. Das leise Brummen und die gleichmäßige Penetration lassen mich schnell erzittern und ich hoffe, dass mein Plan aufgeht. Ich will, dass er mich erneut fickt. Nicht, um ihn weiter zu erpressen, sondern weil er endlich jemand ist, der es mir ordentlich besorgen kann.

»Was zur Hölle …«, fährt Mason mich an und schließt schnell, fast panisch, die Tür hinter sich, kaum dass er mich erblickt hat. Ungläubig starrt er mich an, während ich mich ihm provokant entgegenrecke und meine Beine bis zum Äußersten spreize, damit er in dem plötzlichen Licht, das er selber angeschaltet hat, auch wirklich alles von mir erkennen kann. »Bist du von allen guten Geistern verlassen, Deborah? Was TUST DU DA?«, blafft er mich an, doch ich erkenne sehr genau, dass ihn mein Anblick nicht kalt lässt.

»Ich besorge es mir, Mason«, stöhne ich, ziehe mein Spielzeug kurz aus mir heraus und schiebe es unter seinem ungläubigen Blick sofort bis zum Anschlag wieder in mich hinein. »Hilfst du mir?«

»Du bist sowas von krank«, fährt er mich an. »Hier ist deine verdammte Kohle!« Er macht einen Schritt auf mich zu, knallt die Geldscheine neben meinen blanken Arsch auf die Waschmaschine und will sich abwenden, doch ich bin schneller.

Meine Finger umfassen sein Handgelenk, während ich mich mit der anderen Hand weiter bearbeite und breitbeinig auf dem Elektrogerät räkele. Ich weiß sehr genau, welche Wirkung ich auf Männer wie ihn habe. Wenn er wirklich wollte, könnte er sich binnen Sekunden aus meinem halbherzigen Griff befreien und den Raum verlassen, doch Mason steht wie angewurzelt neben mir und starrt mich an. Fassungslos. Verwirrt. Geil. Dazu brauche ich den Blick nicht tiefer wandern lassen, ich erkenne es bereits an seinem glasigen Blick.

»Hilf mir, Mason«, stöhne ich erneut.

»Ganz sicher nicht, Deborah«, zischt er jetzt. »Ich verstehe wirklich nicht, was in deinem kranken Hirn vor sich geht. Du erpresst mich doch schon. Und die Kohle hab ich dir gebracht. Was willst du denn noch?«

»Ich will, dass du mich nochmal fickst, verdammt!«, winsele ich jetzt. Seine pure Anwesenheit bringt mich um den Verstand, weil ich andauernd Bilder von gestern vor meinem inneren Auge sehe und der Vibrator mir bei Weitem nicht das geben kann, was ich brauche.

Mason hat recht. Ich bin krank. Und ich verstehe mich selber nicht. Bisher war es immer nur ein Spiel um Macht und Geld mit meinen *Daddys*.

Mit Mason ist es etwas anderes. Wenn er wollte, könnte er dieses ganze Spiel auf der Stelle zu seinem Vorteil nutzen und mich mit seinem Schwanz erpressen. Doch das sage ich ihm lieber nicht. Stattdessen führe ich die Finger, deren Handgelenk ich umfasse, nun langsam zwischen meine Beine. Die erwartete Gegenwehr bleibt aus und meine Mitte pocht verheißungsvoll, als er tatsächlich nach dem Vibrator greift und sich kopfschüttelnd zwischen meine weit für ihn geöffneten Schenkel stellt. Ich lasse seine Hand los und massiere stattdessen meine Brüste.

»Das muss aufhören, Deborah«, droht er mir rau. »Du brauchst Hilfe und wir dürfen das nicht tun!«

»Dann hilf mir doch endlich, Mason«, keuche ich. »Bitte!« Langsam schiebe ich mich über den Vibrator, den er fest in Händen und direkt an meinen Eingang hält. Mit leichtem Gegendruck hält er mir stand, bis ich seinen Daumen an meiner Spalte fühlen kann. Er reibt an mir, anhaltend und unnachgiebig und ich stöhne lauter auf als beabsichtigt.

»Sei leise, Herrgott«, blafft er mich an.

»Dann besorg`s mir doch bitte endlich, Mason«, wimmere ich nur und seine Hand zuckt zurück, zieht mein Spielzeug aus mir heraus und rammt es sofort wieder tief in mich hinein, wieder und wieder, bis ich es kaum mehr ertragen kann.

Mason entfacht das Feuer der Hölle in mir und versucht vergeblich, das seine unter Kontrolle zu halten. Doch diesen Kampf wird er nicht gewinnen, jetzt, wo er sich erneut auf mich eingelassen hat. Ich setze mich auf, greife in seine Haare und ziehe sein Gesicht an meine Brüste, lasse ihn meine Nippel hart lecken und spüre, wie gierig er daran saugt und mich gleichzeitig zwischen meinen Beinen so feste bearbeitet, das ich bereits jetzt kurz davor bin, zu kommen.

Er ist wütend, weil ich erneut gewonnen habe, daran besteht keinerlei Zweifel. Aber ich stehe auf seine Wut. Sie macht ihn hart und wild für mich. Ich stehe auf dieses ungezähmte Tier, das er mir gestern bereits offenbart hat und greife nach seiner Hose.

»Fass mich nicht an«, faucht er und schlägt meine Hände zur Seite. Mit großen Augen starre ich ihm entgegen und ertrinke in meiner eigenen Lust. Doch Mason macht keine Anstalten, sich zurückzuziehen. Im Gegenteil. Mit geübtem Griff öffnet er nun selbst seine Jeans und lässt sie zu Boden gleiten. Sein Schwanz ragt steil in die Höhe und ich kann es kaum noch erwarten, ihn endlich wieder in mir zu spüren. Erneut will ich nach ihm greifen, doch das dunkle Funkeln seiner Augen hält mich davon ab.

»Ich sagte: fass mich nicht an!«, brummt er erneut, greift nach meinen Handgelenken und schiebt sie hinter mich. »Du hast gewonnen, Kleine«, erklärt er mir dann dunkel und beugt sich zu mir herunter. »Ich werde dir *helfen*. Ich werde dich jetzt so vögeln, dass du für den Rest der Woche genug von deinem *Daddy* hast. Aber du wirst mich nie wieder anfassen, hast du das verstanden?«

Ich wimmere nur und nicke. Dieser Typ macht mich so scharf, dass ich es kaum ertragen kann. Willenlos lasse ich mich von der Waschmaschine ziehen und auf den Bauch drehen. Sein Schwanz drückt sich nur Sekunden später an meine Pobacken, reibt sich zwischen ihnen und ich höre sein lustvolles Stöhnen in meinem Nacken. Fordernde Finger wandern von hintern bis zu meinen Nippeln, kneifen, zwicken, reiben an mir. Ich zergehe und meine eigene Lust fließt bereits an meinen Beinen herab. Mit einem Stoß seiner Hüften lande ich bäuchlings auf der Waschmaschine. Mit einem weiteren Stoß schiebt er den Vibrator von hinten in mich hinein.

»Oh ja«, stöhne ich lustvoll und recke mich ihm entgegen. Große Hände massieren meinen Hintern, gierige Finger schieben sich in meinen Po. Ich kann nicht mehr klar denken. Ein Beben geht durch meinen Körper, schon bevor er mit seinem Knie grob meine Beine auseinander drängt und sich von hinten mit seiner ganzen prallen Männlichkeit in mir versenkt, mich immer wieder zerteilt und kraftvoll jeden Millimeter in mir ausfüllt, den es auszufüllen gibt. Meine nur allzu bereite Mitte macht es ihm leicht, nimmt ihn immer tiefer in sich auf und massiert seinen Schwanz, während ein nicht enden wollendes Zucken tief in mir mich schier um den Verstand bringt.

»Fester, Daddy«, bestimme ich quietschend. Ich will, dass dieses Gefühl nie endet, dass Mason nie damit aufhört, mich zu vögeln und schreie meine Lust lautstark heraus, während sein animalisches Stöhnen mir eine Gänsehaut beschert und die Muskeln in mir ihn melken, während er sich in mir ergießt.

Mason hört trotzdem nicht auf, sich immer und immer wieder in mich zu stoßen, bis ich einfach nicht mehr kann. Schweißnass falle ich in mich zusammen und erzittere ein letztes Mal, bevor er sich aus mir zurückzieht, seine Hose schließt und wortlos die Tür der Waschküche hinter sich ins Schloss fallen lässt.

Als ich Minuten später aufschaue, landet mein Blick auf den Geldscheinen, die noch immer auf der Waschmaschine liegen und nur darauf warten, von mir ausgegeben zu werden. Sie haben mir noch nie so wenig bedeutet wie in diesem Moment.

Alan

»Halten Sie doch endlich mal Ihre Füße still!«, befehle ich und klinge dabei selbst in meinen eigenen
Ohren viel zu herrisch. Auf der Stelle ärgere ich mich
über mich selbst, denn Kate zuckt zusammen und
blickt mich mit ihren großen Augen an wie ein ver-
schrecktes Reh.

Ich kann nicht anders, als mich aus meinem
schweren Ledersessel zu erheben und stehe nach wenigen großen Schritten neben ihr und dem kleinen
Schreibtisch, an dem sie gerade die Post für mich sor-
tiert.

»Dieses Gezappel ist ja nicht auszuhalten«, bestimme ich, beuge mich vor und lasse sie mit nur einem Zug an dem Hebel ihres Stuhls tiefer und somit
mit den wild baumelnden Füßen bis auf den Boden
sinken. Sofort endet das wilde Rudern ihrer Beine.
»Rita hat gestern hier gearbeitet. Sie hat den Stuhl
wohl verstellt«, erkläre ich unnötiger Weise diesen
faszinierenden Augen, die mich noch immer wortlos
mustern.

Ich entschuldige mich nicht. Nie. Aber diese Information kommt dem schon verdammt nah und ich
wundere mich über mich selbst. Das tue ich immer,
wenn Kate in meiner Nähe ist. Keine Ahnung, was
diese Frau an sich hat, aber sie beschwört in mir jedes
Mal den Beschützer und das wilde Tier gleichzeitig
herauf. Und dieser Mund! *Herrgott Kate, hast du dafür
schon einen Waffenschein beantragt? So volle Lippen und
so ein …* Schnell stecke ich meine Hände in die Ta-
schen meiner Anzughose und ziehe mich ein Stück
zurück. Kate hat noch immer keinen Ton gesagt und
irgendwie macht mich das nervös. Mich! CEO Alan
T. Pierce lässt sich von einer kleinen Studentin und
Aushilfsjobberin aus dem Konzept bringen. Fast
muss ich über mich selber lachen und merke, dass
mein Mundwinkel tatsächlich zu zucken beginnt.
Schnell drehe ich mich herum, damit sie nichts davon bemerkt. Nachher denkt Kate noch, ich würde

mich über sie lustig machen. Und das will ich keinesfalls riskieren. *Ich mag dich, Kate. Dabei habe ich keine Ahnung, wer du bist.*

»Entschuldigung, Mr. Pierce«, flüstert ihre leise Stimme hinter mir und ich bleibe wie angewurzelt inmitten meines großen, lichtdurchfluteten Büros stehen. Dieser devote Unterton lässt mich die Luft anhalten und ich sehe sofort ihren leicht geöffneten Mund vor meinem inneren Auge, diese Lippen, die alleine dazu geschaffen sind, meinen ... *Verdammt, Pierce. Halt deinen Schwanz aus dieser Nummer raus!*, mahne ich mich in Gedanken und drehe meinen Körper betont langsam wieder zurück in ihre Richtung.

»Schon gut.« Brummend bemerke ich durchaus die gerunzelte Stirn zwischen ihren stets perfekt geschwungenen Augenbrauen. Doch sie sagt nichts weiter, senkt den Blick und nimmt ihre Arbeit wieder auf, wobei sie äußerst darauf bedacht zu sein scheint, ihre Füße keinen Millimeter mehr vom Boden abzuheben.

Mit meiner Konzentration ist es dennoch vorbei. Immer wieder huscht mein Blick über den Rand meiner Dokumente und Verträge, die ich heute noch durcharbeiten muss, hinweg zu ihr. Diese Frau ist wunderschön, doch ich bin mir sicher, dass sie absolut keine Ahnung davon hat, welche Wirkung sie auf mich ausübt. Oder auf die gesamte Männerwelt.

Sofort brodelt es in mir und ich bin fast froh, dass sie einen solch katastrophalen Klamottengeschmack hat. Eine Tarnung. Damit nur ich ihren wahren Kern entdecken kann. Oh ja, ich würde diesen Kern nur allzu gerne zum Vorschein bringen und nicht aufhören zu graben, bis ich ihn endlich zu fassen bekomme. Kate ist ein ungeschliffener Rohdiamant. Und ich stehe auf exakt solche Teile. Dieser hier wird perfekt.

»Rita«, höre ich mich durch die Sprechanlage sagen, »bringen Sie doch bitte zwei Kaffee ins Büro.«

Verwirrt schaut Kate auf und runzelt erneut ihre Stirn, als unsere Blicke sich treffen. Ich erkenne die leichte Röte, die augenblicklich ihre Wangen überzieht. Innerlich triumphiere ich bereits. Dieser Rohdiamant will tatsächlich nichts anderes als sich nach meinem Willen formen lassen.

»Kommen Sie, Kate«, fordere ich sie nun auf und deute auf die kleine Sitzecke am Fenster. »Ich denke, eine kleine Kaffeepause haben wir uns verdient.«

»Ich trinke keinen Kaffee«, antwortet sie mit einem aufgesetzten Lächeln und blättert dann, scheinbar vertieft, weiter durch ihre Unterlagen.

Damit habe ich nicht gerechnet. Mein Rohdiamant hat bereits ein paar spitze Ecken. Gut. »Rita?«, höre ich mich erneut, »statt Kaffee nehmen wir Tee?«

Diese Frage geht an Kate, die mich mit ihrem erstaunten Blick beobachtet und nun zustimmend nickt. Bingo.

»Und?«, hake ich wenig später nach. »Haben Sie sich mittlerweile gut eingearbeitet?«

Kate nickt. »Das Programm war nicht schwer zu erlernen«, erklärt sie mir dann, »ich kannte es schon in den Grundzügen von … ach, egal.«

»Das ist überhaupt nicht egal!« Interessiert stelle ich meine Tasse wieder auf den Tisch, lehne mich entspannt zurück und versuche, ihren Blick einzufangen. »Sagen Sie schon, Kate, woher kennen Sie dieses Programm?«

»Ach«, winkt sie jedoch ab, »ist nicht so wichtig. Ich habe früher in einem kleinen Plattenladen gejobbt und Dexter und ich, wir haben …«

»Ihr Freund?«, unterbreche ich und muss all meine Willenskraft aufbringen, um mich nicht allein durch meine Tonlage zu verraten. Ungeplante Eifersucht schießt wie Feuer durch meine Adern und ich will diese Bilder in meinem Kopf nicht sehen, will mir nicht vorstellen, wie ein anderer Typ …

»Nein, nein«, unterbricht Kate meine kranken Gedankengänge, die keinerlei Logik folgen wollen. »Das … ist lange her.«

Ich fühle mich auf der Stelle besser.

»Dexter und ich haben uns gerne Demo Tapes von unbekannten Bands angehört. Irgendwie dachten immer alle, nur weil wir in einem Plattenladen arbeiten, hätten wir Ahnung und Beziehungen zu irgendwelchen Musiklabels.«

»Und? Hatten Sie das?«

Kate zuckt mit den Schultern und nippt an Ihrem Tee. »Ahnung? Ja, ich glaub schon. Zumindest einen Geschmack, dem die breite Masse erlegen wäre. Aber Beziehungen? Nein.« Alleine die Art, wie sie ihre Lippen bei diesen Worten kräuselt, macht mich schon wieder wahnsinnig.

»Sie haben also Ahnung von Musik«, stelle ich fest und erhebe mich.

»Würde ich sonst für *Pierce Universal* arbeiten?« Ihr provozierender Unterton macht mich echt scharf. Kate ist eine gefährliche Mischung. Schüchtern, zurückhaltend und doch hochexplosiv.

Wir werden viel Spaß zusammen haben, triumphiere ich. Mein Schwanz hingegen denkt bereits über ganz andere Dinge nach und drückt steinhart gegen meine verräterisch dünne Stoffhose. Scheiße. Ich verliere nie die Kontrolle! Schnellen Schrittes eile ich an den rettenden Schreibtisch und in meinen Lederstuhl zurück und verdecke so die beachtliche Beule zwischen meinen Beinen, die mich kurz nach den richtigen Worten suchen lässt.

Kate tut es mir gleich und nimmt schweigend ihre Arbeit wieder auf, nippt aber hin und wieder an ihrem Tee und schafft es durch diese kurzen Gesten, dass mein kleiner Freund sich überhaupt nicht mehr beruhigen will. Ich bin fassungslos und verstehe die Welt nicht mehr. *So hatte ich mir das nicht vorgestellt, verdammt!*

Plan B sieht so aus, das kurze Zeit später ein leises Geräusch den Eingang einer neuen Email auf ihrem Rechner bestätigt. Ich grinse schon, bevor Kate den Absender registriert hat. Ihr Blick schnellt hoch und in meine Richtung.

»Was ...?«, beginnt sie, doch ich hebe nur beschwichtigend die Hände.

»Sie haben gesagt, Sie kennen sich aus. Zeigen Sie mir, was Sie drauf haben, Kate.« Ob sie mein zweideutiges Grinsen verstanden hat?

Zumindest erkenne ich erneut eine leichte Röte in ihrem Gesicht aufblühen. Doch sie lässt sich nichts anmerken und schiebt sich stattdessen interessiert die Kopfhörer über die Ohren. Ein paar Klicks auf der Tastatur, dann schließt Kate ihre Augen und lässt sich auf ihrem Stuhl nach hinten sinken. Dieses vollkommen entspannte Gesicht ist wunderschön. Alles an dieser Frau ist wunderschön! Bis auf die viel zu weiten Klamotten, die ich ihr am liebsten hier und jetzt vom Leib zerren würde. Ihr Anblick reizt mich bis aufs Blut.

»Das ist totale Scheiße«, tönt sie plötzlich und reißt mich mit diesem ungeschönten Urteil sofort aus meiner Tagträumerei.

»Warum?«, hake ich nach. Meine Stimme klingt belegt und ich räuspere mich kurz, doch das scheint nur mir aufzufallen.

»Weil es nicht stimmig ist«, antwortet Kate prompt. »Die Melodie klingt unrund und die Umsetzung geht gar nicht. Da passt irgendwie nichts zusammen.«

»Gut«, schmunzele ich. Sekunden später kommt die nächste Email bei ihr an.

»Sie wissen aber schon, dass ich auch noch andere Dinge zu tun habe?«

»Ich bin hier der Boss, Kate«, grinse ich auffordernd. »Ich sage Ihnen schon, was Sie zu tun haben.«

»Ach ja?« Mit hochgezogenen Brauen zieht sie erneut die Kopfhörer über ihre Ohren und schließt die Augen.

Da sich mein Schwanz wieder soweit beruhigt hat, dass ich aufstehen kann, nutze ich die Gelegenheit und stelle mich unbemerkt hinter sie. Ihr Duft steigt mir in die Nase und ich nehme einen tiefen Atemzug, bevor ich meine Hände auf ihren Armlehnen abstütze und mein Ohr seitlich von außen an den Kopfhörer drücke. Ich kann Kates Gesicht nicht sehen, aber an der Reaktion ihres Körpers merke ich ganz eindeutig, dass meine plötzliche Nähe sie ebenfalls nicht kalt lässt. Gut so. Ich sehe, dass ihr Atem sich leicht beschleunigt und an den eben noch entspannt auf den Armlehnen liegenden Händen heben sich nun die Fingerknöchel weiß hervor.

»Und?«, raune ich leise an ihrem Ohr, »ist das auch *totale Scheiße*, um es mit Ihren Worten zu sagen?«

»Nein.« Ganz langsam beginnt sie damit, ihren hübschen Kopf zu schütteln. Dabei hält sie die Augen weiter geschlossen, was ich interessiert registriere und einfach nicht damit aufhören kann, sie von der Seite anzustarren. Dicht stehende, lange Wimpern betonen bedeutsam ihr ebenmäßiges Gesicht. Tiefschwarz und mit einem Schwung, für den andere Frauen viel Geld im Kosmetikstudio lassen würden. Doch mein Rohdiamant hat das nicht nötig. Kate ist einfach von Natur aus schön, das erkenne ich sofort. »Das ist alles andere als *totale Scheiße*«, erklärt sie mir nun leise.

Meine Finger streifen wie zufällig die ihren und ich rücke mit meinem Mund ein wenig näher an dieses anbetungswürdige Gesicht. So nah, dass sie meinen Atem auf ihrer Haut spüren muss.

»Interessant«, höre ich mich sagen, doch eigentlich ist mir total egal, was sie von der Band hält, die ich längst auf meine Favoritenliste gesetzt und zu einem persönlichen Treffen eingeladen habe. Dieser Josh hörte sich dazu auch noch sehr sympathisch an, was mich hoffen lässt, hier demnächst eine gute Investition zu tätigen.

»Wie heißt die Band?«, fragt Kate und ihr Blick bohrt sich mit einer Intensität in meinen, die ich nicht erwartet habe.

Ich schlucke, denn erneut regt sich etwas in meiner Hose. »Keine Ahnung«, antworte ich betont gleichgültig. »Gefällt es Ihnen?«

»Die sind gut.«

»Deshalb habe ich Ihnen auch einen Termin angeboten. Ich möchte, dass Sie mich dann begleiten.«

»Ich?«

»Sonst sehe ich hier niemanden.«

»Wollen Sie mich verarschen?«

»Glauben Sie mir, Kate«, erkläre ich mit drohendem Unterton, »ich hätte tatsächlich einige Ideen, was ich gerne mit Ihnen und Ihrem Arsch anstellen würde.«

Erneut lehnt sie sich in ihrem Stuhl zurück und beginnt damit, nachdenklich auf dem Ende eines Bleistifts herumzuknabbern. So wird mein Schwanz sich ganz bestimmt nicht beruhigen.

»Hm«, brummt sie irgendwann.

»Und was heißt das jetzt?« Ich würde wirklich viel Geld bezahlen, um in ihren hübschen Kopf blicken zu können und habe keine Ahnung, warum. Manchmal macht sie den Anschein eines verschreckten Rehs und plötzlich hat sie mich komplett in der Hand.

»Nichts. Ich versuche nur, schlau aus Ihnen zu werden.«

Diese Lippen. Dieser Mund. Ich bin kurz davor, ihr den Bleistift einfach aus der Hand zu reißen und ... *Pierce!*, mahne ich mich. »Das sagt ja die Richtige«, antworte ich stattdessen. Mein anhaltender Ständer verbietet mir, mich weiter in ihre Richtung zu bewegen, weshalb ich einfach hinter ihr und der Lehne des Stuhls verbleibe.

»Ach ja?«

»Ja«, nicke ich. »Ich biete Ihnen quasi eine Gehaltserhöhung auf dem Silbertablett und Sie überlegen noch?«

»Von Gehaltserhöhung war nicht die Rede«, kontert sie. »Sie haben lediglich über meine Freizeit verfügt, als wäre es selbstverständlich, dass ich Sie begleite.«

»Ist es das nicht?«

»Wieso sollte es das sein?«

»Weil es eine einmalige Chance für Sie wäre?« Langsam macht mir unser Wortgefecht Spaß. *Ich habe dich völlig unterschätzt, Kate. Du bist bereits ein lupenreiner Diamant. Ich muss dich nicht mehr formen. Ich will dich nur noch besitzen.*

»Sie halten sich auch für absolut unwiderstehlich, Mister Pierce, oder?« Frech grinst sie mich über ihre Schulter hinweg an, was mich nach Luft schnappen lässt.

Aber nur kurz, dann habe ich mich wieder im Griff, drehe den Stuhl, auf dem sie sitzt, mit Schwung zu mir herum und stütze mich auf den Armlehnen ab, bevor ich mich so nah zu ihr herunterbeuge, dass sich unsere Nasenspitzen fast berühren. »Und Sie wissen ganz genau, was Ihr Bleistiftgeknabbere mit mir anstellt!«, brumme ich drohend. Ihr leicht geöffneter Mund, dieser unschuldige Blick, … mein Ständer wächst, doch irgendetwas sagt mir, dass Kate damit umgehen kann. Dass sie mich genauso will wie ich sie.

»Ist ja nicht zu übersehen.« Kurz lassen ihre Augen meinen Blick los und wandern an meinem bebenden Körper herab, bevor sie sich wieder in meine Seele brennen.

»Und? Gefällt Ihnen, was Sie sehen?«

»Sollte es das?«

»Sie wissen auch nicht wann es besser ist, einfach mal die Klappe zu halten, oder?«

»Na, wenn Sie das sagen.« Kate knabbert provozierend weiter auf ihrem Stift herum, lässt mich dabei aber nicht eine Sekunde aus den Augen. Unsere Hände berühren sich fast zufällig und sofort zucken unsichtbare Blitze zwischen uns hin und her.

»Ich hätte schon eine Idee, womit ich Ihnen den hübschen Mund stopfen könnte«, überlege ich laut und halte dabei ihrem Blick auffordernd stand.

»Sie degradieren mich hier gerade zu einem Lustobjekt, Mister Pierce«, beschwert sie sich und benetzt wie zufällig mit der Zunge ihre leicht geöffneten Lippen.

»Ausziehen«, knurre ich fordernd. »Sofort!«

An ihren zuckenden Mundwinkeln erkenne ich, dass ihr dieses Spiel gefällt. Betont lasziv klimpert sie jedoch nur mit ihren Augen. »Warum?«

»Weil ich Sie endlich ficken will, darum!«

»Sie denken also ernsthaft, ich würde mich einfach so hier und jetzt ausziehen und von Ihnen ficken lassen? Damit Sie mich danach auf Ihrer Liste abhaken und sich die nächste kleine Studentin hierhin einladen können?«

»Nein, Kate. So ist das nicht.«

»Wie dann? Warum ich, hm?«

»WARUM? Das fragst du noch? Herrgott, du machst mich wahnsinnig! Hast du dich mal angeschaut? Seit ich dich das erste Mal gesehen habe, laufe ich mit einem Dauerständer herum, wenn du in meiner Nähe bist! Ich sehe nur deine Lippen und bin schon scharf! Ich stelle mir deinen anbetungswürdigen Körper unter diesen Klamotten vor und will jeden Zentimeter deiner Haut küssen. Ich will dich …«

»Das hört sich aber nach mehr als Ficken an«, unterbricht sie mich und verschränkt tatsächlich die Arme so vor der Brust, als würden wir eine Gehaltsverhandlung führen und nicht über spontanen Sex diskutieren.

»*Du* hast behauptet, ich würde dich danach sofort abhaken. Ich hätte ja noch ganz andere Vorschläge gehabt. Aber bitte«, schnaube ich jetzt und ziehe mich ein Stück zurück. »Wenn du nicht interessiert bist, suche ich mir wohl tatsächlich eine andere Studentin.«

»Seit wann duzen wir uns eigentlich, *Mister Pierce*?«

Diese Frau ist wirklich unglaublich. Kopfschüttelnd mache ich mich wieder an meinem Schreibtisch zu schaffen und lasse mich auf den Stuhl fallen, ohne sie eines weiteren Blicks zu würdigen. Und Bingo. Kaum strafe ich sie mit Nichtbeachtung, erhebt sie sich und kommt mit ihren langen Beinen langsam auf mich zu. Ich warte einen Moment, bevor ich den Blick hebe und meine Brauen zeitgleich fragend nach oben ziehe.

»Mich zu duzen, muss man sich verdienen, Mister Pierce«, erklärt sie mir in sachlichem Ton. Mir klappt die Kinnlade herunter. »Und mich zu ficken ebenfalls«, fügt sie hinterher.

»Aha« ist alles, was mir dazu einfällt. Mein Schwanz drückt so hart gegen den Stoff, dass ich mich kaum noch beherrschen kann. Kate weiß genau, was sie mit mir anstellt, das erkenne ich mit einem Blick, als ich ihr diabolisches Grinsen einfange, mit dem sie mich bedenkt.

»Falls Sie weiterhin interessiert sind, könnten Sie mich heute zum Abendessen einladen«, fährt sie unbeeindruckt fort. »Wo ich wohne, wissen Sie ja vermutlich, Mister Pierce.«

Kate

Oh verdammt, was hat mich nur geritten, meinem Chef so die Stirn zu bieten? Ich erkenne mich selbst nicht wieder und spüre, wie mir auf der Stelle die Röte ins Gesicht schießt, wenn ich nur daran denke, was eben in seinem Büro zwischen uns passiert ist. Ziemlich sicher wird er mich heute Abend sitzen lassen und mir morgen die Kündigung auf den Schreibtisch legen.

Dabei ist eigentlich gar nichts passiert. Es waren nur Worte, die mich so scharf gemacht haben, dass ich seiner Aufforderung nur ganz knapp widerstehen konnte. Sein herrisches *„Ausziehen. Sofort!"* hat binnen Sekunden dazu geführt, dass ich meine Libido kaum noch unter Kontrolle hatte. Und sein imposanter Ständer, den ich mehr als deutlich durch seine Anzughose hindurch erkennen konnte, hat förmlich danach geschrien, endlich von mir beachtet zu werden.

Ich will dich ficken, hat er gesagt. Oh ja, Alan. Genau das will ich auch. Seit ich dein Büro das erste Mal betreten habe. Seit ich deine Hand geschüttelt und dir in deine Augen geblickt habe, will ich nichts anderes. Ehrliche, tiefgründige Augen. Blau wie die See und voller Wärme. Aber ich bin ganz sicher keine Frau, die du dir einfach nehmen kannst, wann es dir gerade in den Kram passt! Und du kennst mich und mein Leben überhaupt nicht. Ich bin alles andere als wohlhabend. Ehrlich gesagt muss ich zurzeit sogar jeden Cent mehrfach herumdrehen. Aber ich habe trotzdem meinen Stolz. Und ich lasse mich ganz sicher nicht zu einem billigen Lustobjekt degradieren, das die Beine breit macht, nur weil dein Schwanz danach schreit. Obwohl ich kurz davor war. Obwohl die Hitze in mir und das Pulsieren in meinem Unterleib nichts anderes mehr wollte als dir gehorchen.

Wenn Naomi wüsste, dass ich mir schon wieder ein Shirt aus ihrem Schrank genommen habe, würde sie vermutlich ausrasten. Ich bin froh, dass sie heute Abend ins Kino geht und erst spät wieder hier sein wird. Ihren vor Aufregung geröteten Wangen nach zu urteilen ist ihre Begleitung ziemlich sicher niemand anderes als diese dunkelblond gelockte Schönheit, von der sie mir schon seit Wochen vorschwärmt. Ich freue mich für sie und gönne es ihr von Herzen - heute aus purem Eigennutz sogar noch mehr als sonst, denn ich brauche wirklich etwas Vernünftiges zum Anziehen. Sie würde mir den Hals umdrehen, aber das, was ich heute Abend brauche, findet sich nun einmal nur in Naomis Schrank, weil in meinem neben ein paar Hoodies und zerschlissenen Jeans nur gähnende Leere herrscht.

Vermutlich werde ich das Kleid, dessen Träger ich nun über meine Schultern lege, gleich wieder ungesehen in ihren Schrank zurückhängen, denn Alan wird sich ganz bestimmt nicht auf dieses Spielchen einlassen. Mister CEO Alan T. Pierce hat es sicher nicht nötig, einer Studentin wie mir hinterherzulaufen. Trotzdem habe ich sicherheitshalber geduscht und meinem Körper eine ausgiebige Rasur gegönnt, bevor ich hauchdünn die teure Bodylotion meiner Mitbewohnerin auf meinem Körper verteilt habe. Ich fühle mich fast ein wenig verrucht, als ich mich dazu entschließe, heute auf Unterwäsche jeglicher Art zu verzichten. Zum einen, weil ich es mir bei meiner Figur tatsächlich leisten kann, ohne stützende Hilfe gut dazustehen. Zum anderen, weil ich keine Unterwäsche besitze, die einem verruchten treffen mit Mister Pierce auch nur annähernd gerecht werden würde. Ganz sicher würde er dumm aus der Wäsche gucken, wenn ihm Spiderman oder die Gummibärenbande auf meinen Lieblingsslips entgegen grinsen würde.

Vielleicht sollte ich es doch auf einen Versuch ankommen lassen …

Kaum habe ich diesen Gedanken zu Ende gesponnen, klingelt es an der Wohnungstür und ich erstarre in meiner Bewegung. Es dauert einen Moment, bevor ich begreife, dass ich mir dieses Geräusch nicht eingebildet habe. Wirklich reagieren kann ich jedoch erst, als es bereits zum zweiten Mal und anhaltender schellt. Plötzlich nervös öffne ich die Tür. Und starre in ein Paar grüne, von freundlichen Lachfalten umrahmte Augen, die mich interessiert mustern.

»Kate Livingston?«

»Äh, ja?«

»Mister Pierce schickt mich. Er ist noch in einer Besprechung, aber er wollte Sie nicht warten lassen.«

»Wie nett von ihm«, antworte ich zynisch. »Und wer sind Sie, wenn ich fragen darf?«

»Nennen Sie mich einfach Jim. Ich bin Mister Pierces Fahrer«, erklärt er grinsend. »Wollen wir?«

»Wollen wir *was*?«

»Na, losfahren?«

»Und wohin?«

»In sein Büro. Mister Pierce hat mich gebeten, Sie abzuholen und in sein Büro zu bringen.«

»Das sieht ihm ähnlich«, überlege ich laut.

»Ich befolge nur seine Anweisungen, Miss Livingston.« Jim zuckt mit den Schultern und deutet mir an, ihm zu folgen. »Und? Begleiten Sie mich?«

»Wenn Mister Pierce es wünscht«, seufze ich und gebe mich meinem Schicksal geschlagen. Mit einer Mischung aus Nervosität, Unglaube und freudiger Erregung steige ich in den schwarzen Wagen, dessen Tür mir nun von Jim mit einem aufmunternden Lächeln im Gesicht geöffnet wird.

Die Fahrt verläuft schweigend, weil ich erneut unsere letzte Begegnung Revue passieren lasse und keinerlei Vorstellung davon habe, was mich gleich erwartet. Auch zum Abschied öffnet Jim mir, ganz Gentleman, wieder die Autotür und wünscht mir einen schönen Abend. Ich bedanke mich mit einem strahlenden Lächeln, obwohl mir plötzlich ganz flau im Magen wird. Kaum habe ich das Bürogebäude betreten, verstärkt sich dieses Gefühl. Dem Blick des Wachmanns nach zu urteilen, der die abendlichen Ein- und Ausgänge dokumentiert, habe ich mich ein wenig zu sehr in Schale geworfen, was mich zielstrebig an ihm vorbeieilen lässt, um jegliche Kommentare bereits im Keim zu ersticken.

Das Büro, in dem ich heute früh noch gearbeitet habe, ist nur spärlich beleuchtet. Von meinem Chef fehlt weit und breit jede Spur, dafür erkenne ich, dass im hinteren Bereich tatsächlich ein Tisch für zwei

Personen eingedeckt und mit Kerzen beleuchtet wurde. Unter silbernen Hauben verstecken sich Köstlichkeiten, die meinen flauen Magen auf der Stelle laut knurren lassen, als ich vorsichtig darunter luge. Schnell schiebe ich alles wieder an Ort und Stelle und verschwinde auf der Toilette, um den Sitz meines Kleides und mein Makeup zu kontrollieren. Danach wandere ich nervös an der Fensterfront auf und ab, von der aus man bei Nacht einen wunderbaren Ausblick in diverse, noch immer hell erleuchtete Bürogebäude hat, die man bei Tageslicht vor lauter Beton gar nicht richtig wahrnimmt.

Fasziniert lasse ich meinen Blick schweifen, als ich hinter mir aufgrund der sich spiegelnden Fensterfront plötzlich eine leichte Bewegung wahrnehme. Ich erkenne Alan, der im Türrahmen lehnt und mich beobachtet. Seine Krawatte hat er gelockert und dabei die obersten Knöpfe seines grauen Hemds geöffnet. Die sonst so perfekt frisierten Haare sehen so aus, als hätte er sie heute bereits des Öfteren mit seinen Händen malträtiert. Er wirkt müde. Langsam drehe ich mich zu ihm herum.

»Es wirkt bei Nacht ganz anders hier«, erkläre ich mit einem Kopfnicken nach draußen und weil ich nicht weiß, was ich sonst sagen soll.

»Sie wirken bei Nacht auch ganz anders, Miss Pierce.« Mit diesen Worten stößt er sich vom Türrahmen ab, kommt auf mich zu und baut sich so nah vor mir auf, dass mir nichts anderes übrig bleibt, als meinen Rücken gegen das kalte Glas der Fensterfront zu drücken. Ein Schauer durchläuft mich, der sich mit der Hitze vermischt, die mich auf der Stelle im Griff hat. Ebenso wie seine großen Hände, die nun meine eigenen ergreifen und forsch hinter meinen Rücken schieben. Sein Körper drängt gegen meinen und lässt mich nach Luft schnappen, denn er macht keinen Hehl daraus mir zu zeigen, wie sehr er mich will.

Alan sagt kein Wort, zieht mich jedoch mit seinem intensiven Blick förmlich aus und beugt sich schlussendlich zu mir hinunter, haucht erst zarte Küsse auf meine Stirn und meine Wangen, bevor er zielstrebig und fordernd meine Lippen teilt, in mich dringt und mit meiner Zunge spielt, bis ich ihn atemlos von mir schiebe.

»Was zur Hölle …«, keuche ich überrumpelt.

»So. Jetzt können wir uns endlich duzen«, bemerkt er trocken und lässt von mir ab. Mit wenigen Schritten steht er am eingedeckten Tisch und wartet darauf, mir den Stuhl zurecht zu schieben. »Du siehst sehr hübsch aus«, grinst er, während ich ihm langsam folge.

»Danke, *Alan*«, antworte ich mit wild pochendem Herzen.

»Hat mein Fahrer dich pünktlich abgeholt?«

»Ich wusste nicht, dass wir eine Uhrzeit ausgemacht hatten, aber ja«, antworte ich, als seine Brauen warnend in die Höhe schießen. »Jim war pünktlich um sieben bei mir und äußerst zuvorkommend.«

»Gut«, murmelt er leise und füllt ungefragt unsere Weingläser. »Ich hoffe, du hast Hunger?«

Jetzt ist es an mir, schweigend zu nicken, während er mir eines der Gläser reicht und wir uns beide einen großen Schluck genehmigen.

»Warum essen wir hier und nicht in einem Restaurant?«

Kauend legt er den Kopf schief. Ich warte auf seine Antwort, doch er grinst nur und leckt sich genüsslich über die Lippen, während er vom Salat zu seinen Penne wechselt.

»Du meinst also, nur weil wir hier ungestört und ohne Publikum sind, mach ich schneller die Beine für dich breit als in einem Restaurant voll stummer Zeugen?«

»So in etwa, ja.«

»Machst du das immer so?«

»Was meinst du?«

»Wir hätten nach dem Essen ja auch irgendwo hingehen können.«

»Wohin denn?«

»Zu dir? Zu mir?«

»Du wohnst nicht alleine«, erklärt er und legt sein Besteck zur Seite. »Und zu mir gehen wir ganz sicher nicht.«

»Warum nicht?«

»Darum nicht.«

»Das ist keine Antwort«, bestimme ich und greife nach der Serviette.

»Dann stell mir keine Fragen, auf die ich dir keine Antwort geben werde, Kate!« Jetzt wird er langsam wütend, doch ich bin noch nicht fertig mit meiner Befragung.

»Warum nimmst du niemanden mit zu dir nach Hause? Bist du ein Serienmörder oder sowas? Bist du … verheiratet?«

»Nein, keine Sorge. Weder das eine noch das andere.«

»Dann … warte, lass mich raten: du wohnst noch bei deinen Eltern, stimmt`s?«

»Ja genau, Kate«, lächelt er gequält. »Ich wohne noch bei meinen Eltern. Und jetzt iss.«

Für den Moment belassen wir es bei dieser Lüge. Doch ich spüre, dass er Geheimnisse hat, die er nicht so einfach mit mir teilen wird. Irgendwie kränkt mich diese Tatsache, obwohl ich kein Recht dazu habe, ihm deshalb Vorwürfe zu machen. Wir kennen uns nicht. Warum sollte er mir vertrauen?

»Ich habe das Angebot heute im Übrigen ernst gemeint«, wechselt mein Chef nun das Thema. »Du hast Talent und ich könnte wirklich noch eine fähige Assistentin in diesem Bereich gebrauchen.«

»Ich überlege es mir.«

»Bis wann?«

Schulterzuckend greife ich nach meinem Glas. »Keine Ahnung. Bis morgen?«

»Ah«, nickt Alan belustigt. »Erstmal abwarten, was der Abend so bringt?«

»So ungefähr, ja.«

Jetzt greift er nach der bereits locker um seinen Hals hängenden Krawatte und zieht sie sich achtlos über den Kopf. Während er sich einen weiteren Schluck Wein genehmigt, lässt er mich nicht aus den Augen. Kurze Zeit später erhebt er sich und steht so schnell hinter mir, dass ich viel zu spät reagieren kann.

Erst, als er bereits die Träger des Kleides über meine Schultern geschoben hat und seine Lippen die empfindliche Stelle an meinem Hals liebkosen, erwache ich aus meiner Starre und lasse seufzend den Kopf in den Nacken fallen.

»Du bist dir deiner Sache sehr sicher, oder?« wispere ich leise in sein Ohr, während seine weichen Lippen mich schon jetzt um den Verstand bringen.

»Du wärst nicht ins Auto gestiegen, wenn du es nicht auch wollen würdest, oder?«

»Dann zeig mal, was du drauf hast«, necke ich ihn, was er sich nicht zweimal sagen lässt.

»Ich muss dich warnen«, brummt er dunkel. »Ich steh nicht auf Blümchensex.«

»Was du nicht sagst.«

Mit einem Ruck hat er mir das Kleid über die Schultern und bis zum Bauchnabel gezogen. Ich höre, wie einer der Träger seiner Kraft nicht gewachsen ist und nachgibt.

»Hey!«, empöre ich mich. »Das heißt nicht, dass du mir direkt die Klamotten vom Leib reißen musst!«

»Oh doch«, nickt er und begutachtet mit glasigem Blick meine blanken Brüste, deren Nippel sich bei seinen Worten verräterisch aufrichten. »Genau darauf warte ich schon den ganzen Tag.«

»Wenn ich das gewusst hätte, hätte ich mir alte Sachen angezogen.« Seine Finger malen über meine Haut, streifen meine Schlüsselbeine, umrunden meine Brüste und stupsen dann auffordernd gegen meine Nippel, was mich aufstöhnen und die Beine zusammenpressen lässt, zwischen denen es bereits überaus warm und feucht wird.

»Ich hab dir gesagt, dass ich dir die Klamotten vom Leib reißen will. Und ich hab dir gesagt, dass ich mir einige Dinge mit deinem süßen Arsch vorstellen kann. Du hättest einfach eins und eins zusammenzählen können!«

»Als ob ich …« Seine Lippen hindern mich daran, meinen Worten weiteres Gehör zu verschaffen. Gierig teilt seine Zunge jetzt meinen Mund. Seine Lippen saugen an mir, während geschickte Finger weiter meine Brüste massieren. Ich stehe halb entblößt vor ihm, lasse ihn gewähren und versinke in seinen Berührungen, die ein ungekanntes Feuer in mir entfachen. Trotzdem bin ich nicht ganz bei der Sache, was er bemerkt und sofort leicht von mir abrücken lässt.

»Was ist los?«

»Ach nichts«, stammele ich in einer Mischung aus Erregung und Überforderung. »Es ist nur, das ist … ach verdammt, das Kleid gehört mir nicht. Ich habe es mir von meiner Mitbewohnerin geliehen. Dummer Weise ahnt sie nichts davon und jetzt … ist es ruiniert.«

»Warum *leihst* du dir ein Kleid?«

»Weil ich keine Kleider besitze?«

»Verstehe.«

»Nein«, rufe ich nun laut und befreie mich aus seinen warmen Händen. »Nein, Alan! Du verstehst überhaupt nichts! Verdammt, ich bin eine Studentin, die jeden Monat irgendwie ihre Miete zusammen-kratzen muss! Ich habe kein Geld, um mir mal eben so ein Kleid zu kaufen, das ich dann höchstens ein-mal im Jahr trage. Ich habe ja nicht einmal Geld, um mir eine neue Jacke zu leisten!«

»Das Geld für Unterwäsche ist dir wohl auch aus-gegangen, hm?« Sein Blick wandert an meinem Kör-per abwärts.

»Das ist nicht witzig!«

»Jetzt beruhige dich, Kate. Es tut mir leid. Ich kaufe dir ein neues Kleid, okay?«

»Danke, jetzt fühle ich mich direkt besser«, be-merke ich schnippisch und verschränke die Arme vor meiner nackten Brust, weil ich mir plötzlich al-bern und entblößt vorkomme.

»So war das doch gar nicht gemeint«, erwidert Alan und rauft sich die Haare. »Ehrlich, Kate. Das klang jetzt völlig falsch, ich … verdammt, nimm ein-fach mein neues Jobangebot an, dann kannst du dir jede Woche so ein Kleid leisten.«

Erneut macht er einen Schritt auf mich zu. Dieses Mal lasse ich ihn wieder gewähren, lasse ihn meine verschränkten Arme lösen und erneut meine emp-findsamen Brüste liebkosen, die wirklich perfekt in seine Hände passen.

Seufzend schließe ich die Augen, während seine Fingerspitzen mit mir spielen, mich necken und dabei quälend langsam tiefer wandern, bis sie das herabhängende Kleid erreichen, ergreifen und in einer fließenden Bewegung den knisternden Stoff über meine Hüften nach unten ziehen.

Alan geht dabei vor mir auf die Knie, hebt meine Füße aus dem Kleid und beginnt, mit federleichten Küssen an meinen Beinen entlangzuwandern. Ich schaue ihm mit flatternden Lidern von oben herab dabei zu, vergrabe meine Hände in seinen Haaren und erbebe, als er die Stelle erreicht, an der die Hitze in mir sich bündelt und nur darauf wartet, endlich freigelassen zu werden.

Seine Zunge dringt vor, streift meine glattrasierte Weiblichkeit und findet zielsicher die Stelle, an der meine Mitte sich teilt. Ich erbebe und höre, wie er zwischen meinen zitternden Beinen meinen Namen stöhnt. Ich kann kaum noch an mich halten, da erhebt er sich, umfasst mein Gesicht mit seinen Händen und lässt mich durch seinen Kuss mich selber kosten.

Erneut erzittere ich, doch Alan ergreift mich, hebt mich hoch und ich umschlinge ihn auffordernd mit meinen Beinen. Sekunden später hat er mich bereits auf seinem Schreibtisch platziert und drückt mich nach hinten.

»Spreiz die Beine!« Seine raue Stimme macht mich unglaublich an.

Ich triefe vor Lust, schiebe mich willig auf die Finger, die er mir nun bietet und zergehe unter seinem glasigen Blick, den ich immer wieder einfange. Ein kurzer, aber heftiger Orkan durchzuckt mich vollkommen unerwartet und ich bäume mich auf, lasse meiner Lust freien Lauf und stemme mich der Kraft entgegen, mit der er seine Finger immer wieder in mich schiebt.

»Ausziehen. Sofort!«, keuche ich und vernehme das dunkle Lachen, mit dem er meine Aufforderung quittiert, die ich ihm heute früh verwehrt habe. Genussvoll leckt er seine Finger ab, ohne mich dabei aus den Augen zu lassen.

Ich winde mich noch immer in meiner Ekstase, doch ich setze mich auf und ziehe ihn näher zu mir heran. Kaum haben unsere Lippen sich erneut gefunden, räche ich mich. Mit einem Ruck reiße ich das Hemd über seine Schultern, sodass die Knöpfe fliegen.

»Das war neu«, bemerkt er an meinem Mund.

»Du hast angefangen«, antworte ich gespielt gleichgültig. »Hättest dich ja auch schon vorher ausziehen können.«

»Mit dieser ungebändigten Kraft purer Männlichkeit hätte ich dich doch vollkommen überfordert«, kontert er nur grinsend.

Ich löse mich von seinen Lippen und begutachte die durchtrainierte Brust, die sich mir nun bietet. Alan ist muskulös, aber nicht übertrieben aufgepumpt. Man erkennt, dass er regelmäßig Sport treibt und ich lasse meine Finger neugierig über seine glatte Brust und die ausdefinierten Arme wandern, auf denen ich den Verlauf seiner Adern fasziniert nachzeichne. Irgendwann erreiche ich den Bund seiner Hose, in der ich, wie bereits mehrfach am heutigen Tag, eine imposante Beule erkenne.

Jetzt ist es an mir, vom Schreibtisch zu klettern und vor ihm auf die Knie zu gehen, was ihm einen animalischen Laut entlockt, noch bevor ich endlich das freilege, was er mir schon heute früh präsentieren wollte. Das V seines flachen Bauchs leitet mich ganz automatisch tiefer und lässt seine Atmung schneller werden, als ich mit meinen Fingern vorsichtig den Weg auf seinem Körper nachzeichne.

Auch er ist glattrasiert.

Steil ragt sein Schwanz nun vor mir in die Höhe, bietet ein Bild perfekter Männlichkeit und alles, was ich brauche.

Alans feuriger Blick liegt auf mir und ich erkenne die ungeduldige Erregung darin, die sich in meinen Augen widerspiegelt.

Ich necke ihn und halte seinem Blick stand, lecke mit meiner Zunge erst über meine Lippen, dann einmal längst über seinen stattlichen Schwanz.

»Oh verdammt«, höre ich ihn stöhnen und spüre, wie seine Hände sich in meinen Haaren vergraben. Er muss mir nicht zeigen, wie ich ihn zu nehmen habe, ich weiß intuitiv, was er braucht und wie es ihm gefällt. Mit nassen Lippen schiebe ich meinen Mund über ihn, nehme diese imposante Härte bis zum Anschlag in mir auf, sauge und spiele mit ihm, bis ich die leichten Vibrationen spüre, die mir zeigen, dass er nicht mehr lange an sich halten kann. Erst, als das Zittern auch seine Beine erreicht, lasse ich von ihm ab. Ich weiß, dass er sich kaum noch kontrollieren kann und erhebe mich. Seine Härte streift dabei an meinem Bauch vorbei und ich spüre sie zwischen unseren Körpern pulsieren, als ich zu ihm aufblicke.

»Fick mich endlich«, fordere ich ihn auf.

»Das ist mein Spruch«, brummt er dunkel und reicht mir ein kleines, glänzendes Tütchen, das ich ungeduldig öffne.

Geschickt setze ich das Kondom an seiner glänzenden Spitze an und rolle es über ihn, bis meine Hand seinen Schaft erreicht und auffordernd an ihm auf und ab wandert.

Mehr braucht es nicht. Sein Schwanz stößt bereits zu, noch während er mich zurück auf den Schreibtisch drückt und grob meine Beine spreizt. Dann drängt er sich auch schon in mich hinein, fickt mich mit harten und rücksichtslosen Stößen. Alan weiß genau, wie ich es brauche und ich spüre bereits jetzt die kleinen Explosionen in mir, die sich spiralförmig steigern und immer weiter an die Oberfläche kämpfen. Stoß für Stoß schiebt er sich immer tiefer in mich, stöhnt meinen Namen und lässt mich fliegen.

Kurz bevor ich erneut explodiere, zieht er sich aus mir zurück, ergreift meine Hüften, zieht mich zu sich herunter und dreht mich dabei in einer fließenden Bewegung auf den Bauch. Mit einem Knie schiebt er meine Beine wieder auseinander, während seine Hände von hinten meine Brüste umfassen, an meinen Nippeln zwicken und mich laut aufschreien lassen vor Lust, während sein Schwanz sich erst an mir reibt und schlussendlich von hinten in mich drängt.

Seine Stöße werden immer schneller. Irgendwie schafft er es, mit seinen Fingern den Weg zwischen meine Beine zu finden und exakt die Stelle zu berühren, die mich so heftig kommen lässt, dass ich mich kaum noch auf den Beinen halten kann, als dieser Orkan über mich hinwegfegt. Doch Alan gönnt mir nur eine kurze Verschnaufpause.

»Komm her«, befiehlt er atemlos und zieht mich in seine Arme, bis ich mich wieder einigermaßen gesammelt habe. Er riecht gut. Viel zu gut. »Wir sind noch lange nicht fertig, meine Schöne«, erklärt er mir leise und zieht mich in Richtung Fensterfront. »Ich will dir etwas zeigen«, fordert er mich auf. »Sieh dir diese unendliche Pracht da draußen an. Und dann uns. Sieh genau hin!« Und dann hebe ich meinen Blick und erkenne, was er meint. Mit leichtem Druck zwingt er mich auf alle Viere, spreizt meine Beine und kniet sich dann hinter mich, streicht langsam an meiner Wirbelsäule entlang und umfasst meine Hüften mit festem Griff.

Unser Anblick, der sich in der Glasfront vor mir spiegelt, erregt mich unsäglich. Ich verstehe genau, was er damit meint, genau hinzuschauen. Alan und ich, nackt, auf dem Boden dieses sterilen Büros. Im Hintergrund die dunkle Nacht mit ihren tausend Facetten unterschiedlichster Lichter, glänzend und blinkend, soweit das Auge reicht. »Schau geradeaus«, fordert er leise. »Das Fenster gegenüber. Siebte Etage.« Und dann sehe ich es. Zwei Männer. Eine

Frau. Sie ist verdammt sexy, kniet zwischen den Beinen von einem der Typen und besorgt es ihm mit dem Mund, während der andere sie von hinten fickt.

»Das ist ...«, mir fehlen die Worte. Ich fühle mich seltsam und kann doch den Blick nicht von dieser Dreierkonstellation abwenden, spüre die Erregung in mir wieder an Fahrt aufnehmen. »Können die uns auch sehen?«

»Wenn sie wollten, bestimmt.« Ich spüre Alans Schwanz zwischen meinen Beinen. »Aber ich schätze, sie sind zu beschäftigt.«

»Und die ... die anderen Menschen da draußen? Können die uns sehen?«

»Würde dich das anmachen?« Ohne Vorwarnung schiebt er sich wieder in mich und ich stöhne laut auf. »Würdest du dich gerne beobachten lassen?«

»Mir ...«, keuche ich und starre fasziniert auf das Glas vor uns, »mir reicht eigentlich unser Spiegelbild.« Alan wirkt wie Adonis höchstpersönlich in seiner Ekstase. Lange halte ich diese regelmäßigen Stöße ganz sicher nicht aus. Bereits jetzt bin ich kurz davor, erneut zu explodieren, da hält er inne, schiebt seine Hände unter meinen Oberkörper, zieht mich hoch und lässt meinen Rücken gegen seinen Bauch sinken. Ich sehe mich selbst im Fenster, meine aufgerichteten Nippel, meine derangierte Frisur, sogar die leichte Röte, die mein Gesicht überzieht, kann ich klar erkennen. Alan hält meinen Blick gefangen, schiebt meine Beine auseinander und entblößt alles von mir, lässt mich sehen, wie geschwollen ich bereits bin, schiebt vor unser beider Augen seinen Finger in mich hinein, bis ich nicht mehr weiß, wohin ich zuerst gucken soll.

»Alan, ich …«

»Keine Sorge«, beruhigt er mich mit belegter Stimme. »Die Fenster hier sind verspiegelt. Uns kann niemand sehen. Aber ich sehe dich. Und ich kann dir gar nicht sagen, wie unfassbar schön du bist!«

Er dreht mich zu sich, zieht mich auf seinen Schoß und ich reite ihn, bis er in seinen unkontrollierten Zuckungen laut meinen Namen schreit.

»Oh verdammt, ich wusste es«, triumphiert Alan nach ein paar Minuten einvernehmlichen Schweigens und zieht sich aus mir zurück. Nur unwillig erhebe ich mich ebenfalls. Bleierne Müdigkeit macht sich in mir breit. »*Was* wusstest du?«

»Das mit uns, das könnte etwas Perfektes werden«, erklärt er zufrieden.

»*Das* findest du also?« Mit ernster Miene lehne ich mich an seinen Schreibtisch und verschränke die Arme vor meiner Brust.

Besorgt reißt er seine Augen auf und mustert mich. »Du etwa nicht? Ich hab dir gesagt, dass ich nicht …«

»Hm«, unterbreche ich ihn gespielt nachdenklich und lege den Kopf schief.

»Was soll DAS jetzt wieder bedeuten, Kate?«

»Ach«, seufze ich. »Ich weiß nicht. Perfekt? Ist das gut? Um das zu beurteilen, musst du mich wohl noch ein paar Mal zum Dinner einladen, schätze ich.«

»Du hast kein weiteres Kleid für solche Anlässe«, kontert er postwendend.

»Ich komme nackt«, antworte ich träge.

»Oh«, grinst er, da bin ich ganz sicher. Aber *bevor* du kommst, musst du etwas überziehen. Was soll der alte Jim denn denken, wenn …«

»Idiot.«

»Dickschädel.«

»Wieso bin *ich* jetzt ein Dickschädel?«

»Nimm einfach den Job an, Kate.«

»Okay.«

»O … Okay? Hast du echt okay gesagt? Einfach so?«

»Das wolltest du doch, oder?«

»Ja, klar«, nickt er, »ich habe nur nicht damit gerechnet, dass du so einfach zustimmst.«

»Tja«, zucke ich mit den Schultern, »ich werde es dir schon nicht allzu einfach machen.«

»Darauf baue ich«, grinst Alan und wirkt fast erleichtert.

Vielleicht werde ich es irgendwann schaffen, sein Vertrauen zu gewinnen. Vielleicht darf ich irgendwann einmal hinter die Fassade des Alan T. Pierce schauen. Ich gebe nicht auf.

Callum

»Herrgott nochmal, wie kann man nur so verkorkst sein!«, brülle ich meiner Frau hinterher, die sich gerade wutschnaubend in die Küche verzieht.

»Sei still, sonst weckst du die Kinder«, blafft sie mich an, weshalb ich nur noch mehr in Rage gerate.

»Die Kinder, die Kinder, immer nur die Kinder!«, brülle ich weiter, ohne auch nur ansatzweise meine Lautstärke zu regulieren. Das wäre ja auch noch schöner!

»Cal, bitte«, seufzt sie nun warnend. Mir entgeht dabei nicht, wie sie mit den Augen rollt, weshalb ich ihr am liebsten den Arsch versohlen würde, an den sie mich seit der Geburt unseres Jüngsten nicht mehr herangelassen hat. Nur, dass wir uns richtig verstehen. Unser *Jüngster* ist mittlerweile fast achtzehn Monate alt und schläft längst in seinem eigenen Zimmer.

Ich bin kein Unmensch. Ich weiß was es heißt, sich Tag und Nacht um ein schreiendes Baby zu kümmern, immerhin haben wir das ganze Spiel bereits zum dritten Mal hinter uns. Aber irgendwann ist Schluss damit! Irgendwann bin auch ich wieder dran! Herrgott, ich habe Druck! Ich verlange ja gar nicht das volle Programm. Ein kleiner Quickie, bevor sie zu ihrem allmonatlichen Frauenabend aufbricht, würde mir ja schon reichen. Oder ein Blowjob. Ein einfacher Blowjob kann doch nicht zu viel verlangt sein! So lange, wie Carol mich schon nicht mehr rangelassen hat, wäre es nur eine Sache von wenigen Minuten, bis sie wieder Ruhe vor mir hätte. Aber nein, die Kinder, die Kinder! Ich fühle mich zurückgewiesen und in meinen Bedürfnissen absolut nicht ernst genommen.

Wie aufs Stichwort höre ich jetzt hinter mir ein verschlafenes, fragendes »Mama?« und fahre herum. Na wunderbar. Perfektes Timing.

»Siehste!« Ihr triumphierender, vorwurfsvoller Blick lässt mich rot sehen, während sie auf unseren Sohn zugeht und ihn beschützend in ihre Arme schließt. Ich bin mir nicht sicher, ob sie mir damit sagen will, dass ich tatsächlich zu laut war oder ob sie froh ist, durch das Erwachen eines unserer Kinder meiner körperlichen Annäherung entkommen zu sein.

»Mir reicht`s!«, bestimme ich so laut, dass hoffentlich auch noch der Jüngste unserer Familie erwacht. Ihn wieder in den Schlaf zu wiegen ist jedes Mal eine absolute Herausforderung, die ich meiner Frau heute nur allzu gerne gönne. Zur Sicherheit knalle ich die Haustür so laut hinter mir zu, dass ich vor Schreck fast noch selber zusammenzucke. Soll Carol doch gucken, wie sie klar kommt. Mir doch egal, wie sie jetzt die Kinderbetreuung sicherstellt, um sich mit ihren dämlichen Freundinnen treffen zu können. Ich stehe heute jedenfalls ganz sicher nicht mehr weiter für ihr Privatvergnügen zur Verfügung. Blöde Kuh.

Mit aufheulendem Motor verlasse ich unser Grundstück, dass die kleinen Steine in der Einfahrt nur so fliegen. Ich habe doch immer alles getan. Sogar dieses beschissene Haus mit Kies vor der Tür gekauft, in das sie sich so verliebt hat. Ich könnte mich ohrfeigen. Spätestens jetzt dürfte keiner mehr schlafen, was mir ein kurzes Gefühl der Genugtuung verschafft, während ich den Wagen auf die Landstraße und in Richtung Innenstadt lenke.

Wenn Carol mich nicht ran lässt, muss jetzt jemand anderes dran glauben. Ich muss einfach mal wieder richtig Druck ablassen, da reicht es auch

nicht, mir heimlich unter der Dusche einen runterzu-
holen – was ich regelmäßig tue.

Als ich vor dem großen Gebäude parke, an dessen
Giebel ein großes, blinkendes Herz prangt, wird mir
doch ein wenig mulmig. Aber ich werde keinen
Rückzieher mehr machen. Ich bin ein Mann mit Bedürfnissen, verdammt nochmal!

Kurzentschlossen verschließe ich den Wagen und
mache mich auf den Weg zur Eingangstür, die um
die Ecke liegt und nur spärlich beleuchtet wird. Da
ich keine Klingel entdecken kann, klopfe ich vorsichtig an, was dazu führt, dass sich die Tür auf der Stelle
öffnet.

»Guten Abend«, wünscht mir eine Dame in knap-
pem Outfit, die im Hintergrund von einem breit-
schultrigen Typen mit Gesichtstattoo unterstützt
wird, der mich unverhohlen mustert. »Was kann ich
für dich tun?«

»Äh, guten Abend«, erwidere ich und schlucke die
Wut, die mich noch immer im Griff hat, notgedrun-
gen herunter. »Ich wollte, also …«, stammele ich
dann nervös. Ich bin zum ersten Mal in so einem
Etablissement und habe keine Ahnung, wie man hier
sagt, was man will.

»Du suchst Gesellschaft?«, hilft sie mir lächelnd
aus der Patsche.

»Ja«, nicke ich dankbar.

»Männlich oder weiblich?«, fragt sie, als wäre das vollkommen normal. Ist es vermutlich auch. Für sie ist es immerhin das tagtägliche Geschäft.

»Äh, weiblich«, antworte ich deshalb.

»Irgendwelche Sonderwünsche?«, hakt sie weiter nach.

Hilflos zucke ich mit den Schultern. »Glaub nicht«, höre ich mich sagen. »Ganz normal halt.«

»Alles klar. Komm rein und setz dich. Q wird sich gleich um dich kümmern.«

»Und was …«, frage ich noch, doch sie winkt bereits ab. »Die Einzelheiten klärst du mit ihr. Viel Spaß!« Mit diesen Worten zwinkert sie kurz und deutet mir den Weg.

Auch der breitschultrige Aufpasser zu ihrer Linken beachtet mich nun nicht mehr weiter. Seltsame Atmosphäre hier. Fremd und doch irgendwie erregend, stelle ich mit einem neugierigen Blick durch den Raum fest.

Kaum sitze ich, wird mir auch schon die Getränkekarte gereicht, die ich dankend ablehne. *Ich will doch nur ficken*, denke ich, da steht auch schon eine hochgewachsene Dame vor mir, die sich definitiv sehen lassen kann. Lange Beine, flacher Bauch, große Möpse, die ziemlich sicher nicht auf natürliche Weise so gewachsen sind. Aber das ist mir egal, denn jetzt beugt sie sich zu mir herab und legt ihre Hände auf meine Schultern.

»Hey. Ich bin Q«, stellt sie sich vor.

»Dachte ich mir schon«, nicke ich.

»Bin ich okay für dich?«, fragt sie mich nun tatsächlich. Was bitteschön soll ich dazu sagen? Erneut kann ich nur nicken.

»Und? Was möchtest du?«, fragt sie und lässt auffordernd ihre Finger an meinen Oberschenkeln entlanggleiten. Ich habe keine Ahnung, was ich darauf antworten soll, weshalb sie zu weiteren Ausführungen ansetzt. »Nur einen Blowjob? Oder willst du mich vögeln? Von vorne? Von hinten? Willst du zuschauen, wie ich es mir selber besorge? Hast du Vorlieben?«

»Äh … keine Ahnung?«, antworte ich überfordert und schaue ihr dabei fest in die Augen. Q ist noch verdammt jung. »Ich hab mich mit meiner Frau gezofft und will einfach nur Dampf ablassen.«

Jetzt lacht sie. Offen und freundlich. »Dampf ablassen. Das lässt sich einrichten. Wie heißt du?«

»Callum. Nenn mich einfach Cal.«

»Also gut, Cal. Es läuft folgendermaßen. Du lehnst dich jetzt zurück, trinkst was und genießt die Bühnenshow. Schätze, das wird dich ordentlich in Stimmung bringen. Und danach kommst du zu mir. Erst wird geduscht. Ich bereite alles vor und warte auf dich. Zimmer vier, da vorne den Flur entlang. Du kannst mich ficken, wie auch immer du willst. Ich bin überall blank rasiert für dich und habe jede Menge Spielzeug da. Und ich zeige dir gerne, was du sehen willst. Aber hier wird nur mit Gummi gevögelt und ich küsse dich nicht. Auf gar keinen Fall. Klar soweit?«

»Klar«, brumme ich, bereits hart von ihren bloßen Worten, so untervögelt bin ich. »Und was kostet mich der ganze Spaß?«

»Das kommt ganz drauf an«, grinst sie verschlagen. »Aber ich verspreche dir, dass du ganz sicher voll auf deine Kosten kommen wirst.«

Ich erwidere ihr Grinsen und lehne mich seufzend zurück, nachdem sie ihre Finger wieder von mir gelassen und mir kommentarlos ein Bier vor die Nase gestellt hat. Q ist hübsch, aber eigentlich überhaupt nicht mein Typ. Egal. Ich stell mir einfach vor, sie wäre Carol.

Bevor das schlechte Gewissen sich in mir rühren kann, geht auch schon das Licht aus. Der einsame Stuhl auf der Bühne wird einzig von einem rötlichen Lichtkegel angestrahlt. Bereits Sekunden später klappt mir vor Staunen der Unterkiefer herunter und ich setze mich schwer atmend kerzengerade auf, wobei mir fast das Bier aus den Fingern rutscht.

Auf der Stelle ist es mit meiner Entspannung und der erregenden Vorahnung vorbei. Mehrfach reibe ich mir die Augen, weil das Bild, das ich zu begreifen versuche, unmöglich wahr sein kann, doch auch nach mehrmaligem Blinzeln gibt es keine Zweifel: Die leichtbekleidete Tänzerin auf der Bühne, die nun gekonnt ihre Hüften schwingen lässt, ist entweder meine Frau Carol oder ihre eineiige Zwillingsschwester, deren Existenz sie mir bisher verschwiegen hat. Letzteres halte ich für noch unwahrscheinlicher, kann aber auch nicht glauben, dass das wirklich Carol sein soll, die sich auf der Bühne vor mir nun im Takt der Musik bewegt, als wäre es das Selbstverständlichste der Welt.

Ich weiß, dass meine Frau gut und gerne tanzt. Bevor wir eine Familie gegründet haben, war sie Leistungsturnerin und hat tatsächlich jahrelang professionellen Tanzunterricht genommen. Dieses harte Training damals hat ihr nach den Schwangerschaften geholfen, schnell wieder in ihre alte Form zurückzufinden, welche sie den spärlichen Zuschauern hier nun ohne Scheu präsentiert und dabei ihr Bein äußerst aufreizend über die Stuhllehne schwingt. Carol hatte nie Probleme damit, ihre Schwangerschaftspfunde wieder zu verlieren – ganz im Gegenteil. Ich persönlich finde ja, dass sie nach jedem Kind schöner geworden ist.

Doch Schönheit hin oder her, in diesem Moment bin ich vollkommen geschockt und fasziniert zugleich, als ich meiner Frau nun hilflos dabei zusehe, wie sie sich langsam aus ihrer bereits überaus spärlichen Bekleidung schält.

Als ihr BH fällt, treffen sich unsere Blicke. Ich erkenne für den Bruchteil einer Sekunde blanke Panik in ihren für meinen Geschmack viel zu dunkel geschminkten Augen und sie blinzelt in ihrer eingeübten Bewegung ebenso ungläubig wie ich. Doch im Gegensatz zu mir hat Carol sich schnell wieder unter Kontrolle und spult ihr Bühnenprogramm weiterhin so professionell ab, als wäre nichts Unvorhergesehenes geschehen.

Ich kann meinen Blick nicht von ihr nehmen und staune, wie grazil und sexy ich meine Frau auch nach all den Jahren noch finde. Ich glaube nicht, dass dieses Gefühl mit meiner monatelangen Abstinenz zusammenhängt, welche zu beenden ein so überaus leichtes Unterfangen für Carol gewesen wäre. Jetzt stehen wir uns ausgerechnet in einem Bordell gegenüber und hätten uns doch so viel zu sagen. Das ist wirklich völlig verrückt!

Langsam tänzelt sie nun durchs Publikum und kommt wie zufällig ausgerechnet vor mir zum Stehen.

»Was zur Hölle machst du hier?«, zischt sie mir zu, während ihre Hüften verführerisch vor mir hin und her kreisen und dabei eine ganz andere Sprache sprechen.

»*Ich*?«, fassungslos starre ich sie an. »Du fragst *mich*, was ich hier mache? Bist du noch ganz bei Trost?« Meine Hände greifen bereits nach ihr, wollen sie festhalten und davon abbringen, erneut die Bühne zu betreten, doch sie schüttelt mich ab und schaut nervös in Richtung Tür.

»Nicht!«, mahnt sie mich leise. »Bloß nicht anfassen!«

»Du bist meine Frau!«

»Das ist mir durchaus bewusst, Cal! Aber das hier ist mein Job und du bist für den Moment nur ein Gast. Halt dich zurück oder du fliegst raus. Turbo hat dich schon im Visier.«

»Job, Carol? Seit wann hast du … ich fasse es nicht!« Seufzend raufe ich mir die Haare. »Und wer zur Hölle ist Turbo?«, frage ich dann.

»Der Türsteher.«

»Etwa der mit dem hübschen Gesichtstattoo?«

»Mach dich besser nicht über ihn lustig.«

»Keine Sorge«, antworte ich und gebe den Versuch auf, erneut nach ihr zu greifen. »Hab gerade definitiv andere Probleme«, erkläre ich dann.

»Da hast du sowas von recht!«, antwortet sie und lässt ablenkend lächelnd ihren lasziven Blick durchs Publikum streifen. »Herrgott, Cal! Wer kümmert sich hier um dich?«

»Q?«

»Gut.« Carol grinst mir verschlagen zu, doch ich erkenne die Wut in ihrer Stimme und sehe das Feuer in ihren Augen lodern. »Du hättest mir auch einfach sagen können, dass du es nötig hast. Jetzt schaff deinen Arsch in dieses Zimmer und warte auf mich, ich regle das!«

Sekunden später steht sie auch schon wieder auf der Bühne, was mir die kurze Möglichkeit schafft, mehrfach tief durchzuatmen. Mir ist plötzlich furchtbar übel und ich kann das Bier neben mir nicht weiter genießen. *Carol arbeitet hier!*, schießt es mir immer wieder durch den Kopf. *In einem Puff!* Diese Feststellung klingt so vollkommen absurd wie die ganze Situation sich darstellt und ich weiß wirklich nicht, ob ich drüber lachen oder weinen soll. Der Applaus der spärlichen Besucher ist kaum verhallt, da erhebe ich mich und suche das Zimmer auf, hinter dessen Tür ich mich jetzt nicht annähernd entspannt oder sicher fühle.

»Bist du jetzt vollkommen durchgedreht?«, schnauzt meine Frau mich bereits an, kaum dass die

Tür hinter ihr ins Schloss gefallen ist. Tatsächlich besitzt sie die Unverfrorenheit, trotz dieser ganzen verrückten Situation drohend die Hände in ihre nackten Hüften zu stemmen und mich mit einem Blick zu taxieren, der keinerlei Zweifel übrig lässt: sie ist fuchsteufelswild!

»Ich?« Jetzt wird es mir aber doch zu bunt und ich baue mich, gefangen in diesem Wechselbad der Gefühle, ungläubig vor ihr auf. »*Ich* bin durchgedreht? Wer steht denn plötzlich nackt auf der Bühne eines Puffs und lässt sich dafür bezahlen, hm?«

»Und wer sitzt plötzlich inmitten dieses Publikums und will *Dampf ablassen, weil er sich mit seiner Frau gezofft hat*?«

»Ach das ist doch alles Scheiße!«, brumme ich, schüttle ungläubig meinen Kopf und lasse mich dann überfordert und genervt auf das Bett in meinem Rücken nieder.

»Ziemlich große Scheiße«, nickt Carol bestätigend. »Was zur Hölle hast du dir dabei gedacht, Cal? Was ist denn heute los mit dir? Erst rastest du wegen dieser Lappalie völlig aus, weckst alle Kinder und versaust mir fast die Abendplanung«, zählt sie auf, »und dann fährst du geradewegs in ein Bordell, weil du *Dampf ablassen musst*?«

»Na, du lässt mich ja seit Monaten nicht mehr ran, verdammt! Denkst du, ich bin unter die Eunuchen gegangen oder was? Ich hab auch Bedürfnisse, ich bin …«

»Dass du kein Eunuch bist, beweist du regelmäßig unter der Dusche, Cal. Ich bin nicht blöd. Denkst du, ich krieg nicht mit, dass du dir da regelmäßig einen runterholst?«

»Und dass ich das mache, weil ich bei dir nicht mehr zum Schuss komme, kommt dir dabei nicht in den Sinn?«

»Wieso sollte es? Du sprichst ja nicht mit mir. Ich dachte, du …«

»Was dachtest du, hm?«

»Ich …«, setzt sie an.

Langsam spüre ich, wie die Wut verfliegt und etwas anderem Platz macht. Mein Herz zieht sich zusammen, als ich ihrem Blick begegne, der meinem ausweichen will, was ich nicht zulasse. Kurzerhand strecke ich meine Hand aus und hebe ihr Kinn in meine Richtung, so dass meine Frau mich anschauen muss. »Was, Carol?«, frage ich, bemüht um eine neutrale Tonlage.

»Ich …, keine Ahnung, ich dachte, du … findest mich vielleicht nicht mehr attraktiv genug oder so. Nach den Geburten der Kinder hat mein Körper sich verändert. Ich dachte, du holst dir einen runter, weil …«

»Weil ich dich nicht mehr sexy finde?« Jetzt weiß ich wirklich nicht mehr, was ich denken oder sagen soll. Seit wann reden wir eigentlich so aneinander vorbei? »Bist du total bescheuert, Carol?«, ist das Erste, was mir in meinem leergefegten Hirn in den Sinn kommt.

Meine Frau schnaubt nur laut. Mit hängenden Schultern setzt sie sich neben mich und beginnt zu zittern. Mir bleibt überhaupt nichts anderes übrig, als den Arm um meine Frau zu legen und nach der Decke zu greifen, die am Fußende des Bettes liegt. Vorsichtig bedecke ich damit ihre makellose Haut und hebe mit meinen Fingern ihr Gesicht, indem ich erneut unter ihr Kinn greife.

»Verdammt, Carol, jetzt hör mir mal gut zu!«, beginne ich. »Ich bin verrückt nach dir«, erkläre ich ihr eindringlich. »Das war ich immer und das werde ich immer sein. Ich dachte, das weißt du!«

»Und warum läuft es dann nicht mehr zwischen uns? Warum sitzen wir jetzt ausgerechnet hier? In einem *Puff*?«

»Situationskomik?«

»Das ist jetzt wirklich nicht der richtige Moment für Scherze, Cal, ich kann jetzt nicht …«

»Tz«, unterbreche ich sie und zucke fragend mit den Schultern. »Vielleicht, weil wir vergessen haben, einfach mal wieder miteinander über unsere Gefühle und Bedürfnisse zu reden?«, versuche ich mich in einem ernstgemeinten Erklärungsversuch. »Weil wir ständig unter Strom stehen und immer nur mit den Kindern zugange sind? Weil wir …«

»*Warum* bist du hier, Cal?«, unterbricht sie mich.

»Ich war wütend auf dich«, gebe ich ehrlich zu. »Ständig fühle ich mich wie das fünfte Rad am Wagen. Ich dachte, du willst mich nicht mehr. Die Kids sind immer wichtiger, nie sind wir ganz für uns alleine. Ich … versteh mich nicht falsch, okay? Ich liebe unser Leben. Aber … ich schätze, ich bin wohl irgendwie … eifersüchtig.

»Hm.« nachdenklich legt sie ihren Kopf auf meine Schulter. Die Wut, die eben noch machtvoll über uns schwebte, scheint vollkommen verpufft zu sein.

»Und du?«, räuspere ich mich. »Was zur Hölle machst *DU* hier? Ich dachte, du triffst dich mit deinen Mädels, ich dachte …? Bist du, … hast du, … ich meine …«, plötzlich total unsicher verhaspele ich mich in meiner eigenen Frage. Ob ich der Antwort gewachsen bin, kann ich noch nicht beurteilen.

»Nein, Cal«, höre ich Carol da leise neben mir flüstern und kann nicht anders, als lautstark die Luft auszuatmen, die ich vor lauter Anspannung angehalten habe. Hätte sie mir eine andere Antwort gegeben, weiß ich nicht, ob ich noch länger Herr meiner Sinne wäre. »Sowas würde ich doch niemals tun!«, fährt sie fort. »Ich tanze hier nur. Einmal im Monat, wenn du denkst, dass ich mich mit meinen Freundinnen treffe, tanze ich hier.«

»Aber … WARUM?«

»*Warum*?« Ungläubig mustern mich ihre großen, dunkel geschminkten Augen. »Weil ich zuhause eingehe, Cal. Weil ich dort schier verrückt werde! Ich bin Mutter und Ehefrau, aber ich bin auch immer noch ICH!« Kurz schweigen wir einvernehmlich und denken über die Worte des jeweils anderen nach. »Hier habe ich das Gefühl, gesehen zu werden«, flüstert Carol leise. »Ich fühle mich begehrenswert, wenn ich auf der Bühne stehe und diese Blicke auf mir spüre. Ich …«

»Aber du BIST begehrenswert, verdammt!« Empört springe ich vom Bett und baue mich vor ihr auf. »Sieh dich doch an, Carol! Was bitte sollte an dir denn nicht begehrenswert sein, hm?«

»Und wenn das so ist, warum sagst du mir das nie?«

»Keine Ahnung. Ich dachte, das wäre dir klar.«

»Nein«, antwortet sie kopfschüttelnd. »Das war mir nicht klar.«

Plötzlich umspielt ein diabolisches Lächeln ihren Mund. Ohne Vorwarnung legt sie ihre Hände an meine Hüften und zieht mich näher zu sich heran. Mit irritiertem Blick schaue ich auf sie herab, wie sie dort sitzt, perfekt in ihrer Anmut und mit diesen hübschen, prallen Brüsten, deren Nippeln ich seit einer Ewigkeit keine Beachtung mehr geschenkt habe. Aber jetzt sehe ich sie. Beobachte, wie sie sich unter meinem Blick aufrichten, als könnten sie meine Gedanken lesen. Langsam nähern ihre Finger sich meinem Gürtel.

»Äh … was tust du da, Carol?«

»Ich ziehe dir die Hose aus.«

»Du willst jetzt nicht wirklich …?« Lautstark atme ich aus. »Ernsthaft?«

»Ich dachte, du willst Dampf ablassen?« Ihre langen Wimpern klimpern unschuldig.

Also gut. An mir soll es hier definitiv nicht scheitern. Schon spüre ich, wie ihre Worte Wirkung zeigen und die Lust ungezügelt in meine Lenden schießt. »Oh ja. Ich habe jede Menge Dampf abzulassen«, nicke ich euphorisch.

»Hättest du es hier wirklich mit Q getrieben?«

»Ich weiß es nicht«, gebe ich ehrlich zu. »Ich war so sauer, Carol!« Hilflos zucke ich mit meinen Schultern.

»Tu das nie wieder«, mahnt sie dunkel und ich kann nur ergeben nicken, weil meine wachsende Erregung mir bereits zunehmend das Denken verbietet. »Nie wieder!« Carol zieht mir die Hose über die

Hüften und macht sich nicht die Mühe, mich mit ihren Händen zu bearbeiten. Noch bevor ich überhaupt begreife, wie mir geschieht, schiebt sie schon ihre unverschämt weichen Lippen über meinen Schwanz und ich stöhne laut auf, während ich in ihrem Mund zu meiner vollen Größe heranwachse.

Sie von oben herab dabei zu beobachten, wie sie mit ihrer Zunge und diesen unglaublich geschickten Lippen meine Härte massiert, ist unglaublich. Nach all den Monaten der Abstinenz spüre ich viel zu schnell, dass ich dieses Spiel nicht lange durchhalten werde, weshalb ich mich irgendwann keuchend aus Carols Mund befreie und stattdessen ihren Körper nach hinten auf die breite Matratze drücke.

Unter ihrem fordernden Blick ziehe ich mir das Shirt über den Kopf und schlüpfe komplett aus meiner Jeans. Dann greife ich an ihre Hüften und schiebe meine Finger unter den Hauch von Spitzenstoff, der mehr betont als verdeckt. Sie hebt ihren Hintern ein Stück nach oben und ich ziehe ihr den mir vollkommen unbekannten Slip in einer fließenden Bewegung aus, lasse ihn achtlos zu Boden fallen und vergrabe mein Gesicht zwischen ihren Beinen, die sie willig für mich öffnet.

Ich hatte vergessen, wie sie schmeckt.

Ich hatte vergessen, wie sehr es mich anturnt, meine Zunge in ihre warme Spalte zu schieben und diesen spitzen Lauten zu lauschen, die sie bei jedem meiner Zungenschläge von sich gibt. Irgendwann lasse ich kurz von ihr ab und ziehe meine Frau auf die Beine. Sie mustert mich verwundert, folgt aber meiner stummen Aufforderung. Und so stelle ich sie vor den Spiegel, der an der sonst kahlen Wand neben der Tür hängt. Ein großer Spiegel, in dem wir uns in voller Körpergröße entgegenstarren.

»Sie dich nur an«, raune ich in ihr Ohr, stelle mich hinter sie und beginne damit, ihre Nippel zwischen meinen Fingerspitzen zu rollen. »Siehst du, was ich sehe?« Carol schweigt, beobachtet aber jede meiner Bewegungen auf ihrem Körper. Erregt reibe ich meinen Schwanz an ihrem Rücken, umfasse ihre Brüste und lasse dann meine Finger quälend langsam tiefer wandern. »Du bist wunderschön, Carol«, flüstere ich heiser und sie keucht auf, als ich mit meinen Fingern ihren Nabel umkreise. Ihr Blick sucht meinen, doch ich hebe mahnend die Brauen. »Sieh dich an!«, bestimme ich und ziehe sie zu mir auf den Schoß, indem ich auf der Bettkante Platz nehme und ihre Beine vor unser beider Augen spreize.

Blassrosa glänzt uns ihre geschwollene Mitte entgegen, feucht und wunderschön. Ein Kunstwerk, nur für mich bestimmt. Ein Schauer erfasst mich und mein Schwanz beginnt unkontrolliert an ihrem Hintern zu zucken. Carol erhebt sich ein wenig und rückt meine Härte nach vorne und ins rechte Licht, bevor sie sich ganz langsam auf mich senkt. Lustvoll stöhnend beobachten wir, wie sich unsere Körper nach all den Monaten endlich wieder miteinander verbinden. Wir sind perfekt aufeinander abgestimmt und passen so wunderbar zusammen, dass ich den Blick nicht von uns abwenden kann. Immer weiter fülle ich sie aus und starre wie gebannt in diesen Spiegel. Der Anblick unserer erregten Körper, das Gefühl, meine Frau auf meinem Schoß zu halten und mich gleichzeitig immer tiefer in sie zu schieben, lässt mich laut ihren Namen stöhnen.

»Wenn du deine Hüften noch einmal so bewegst, komme ich sofort«, mahne ich heiser, denn ich will auf keinen Fall, dass das hier zu schnell endet. Carol hat mich verstanden und verharrt in ihrer Bewegung. Unsere Blicke treffen sich in unserem erhitzten Spiegelbild, doch der Anblick unserer tiefen Verbindung reizt uns beide viel zu sehr, als dass wir uns lange davon losreißen könnten.

Ich brauche einen Moment Pause, was aber nicht heißt, dass meine Frau die Sache genauso sieht. Ganz im Gegenteil, ich spüre, welche Willenskraft sie aufbringen muss, um sich nicht noch weiter auf mich zu schieben oder trotz meiner Mahnung genussvoll die Hüften kreisen zu lassen. So verharren wir regungslos mit pochendem Herzen und viel zu schneller Atmung, starren uns an und genießen die Erregung, die in sanften Wellen unaufhörlich auf uns einströmt. Mit einem wissenden Grinsen schnellen meine Hände tiefer und finden ohne Umschweife ihr feuchtes Ziel. Ich kann spüren, wie Carols glänzende Haut sich um meinen Schwanz spannt und erzittere erneut, doch meine Finger sind flink und finden die Stelle, deren Berührung meine Frau schon immer um den Verstand gebracht hat. Stocksteif verharrt sie breitbeinig auf mir, lässt meinen Finger ihre Nässe spüren, diese kleine harte Stelle reiben und umkreisen, bis ich es selber auch in dieser Bewegungslosigkeit kaum noch ertragen kann.

»Ich halte das nicht mehr lange aus«, flüstere ich erneut, »aber ich will dich noch tiefer spüren, Carol. Viel tiefer!« Langsam lasse ich mich nach hinten fallen, bis ich quer auf dem Bett liege, meine Frau noch immer breitbeinig über mir und auf meinem Schoß. Jetzt, wo sie ihre Füße auf der Matratze aufsetzen kann, weiß ich, was mir blüht. Und genau darauf habe ich gehofft. Zu lange ist es her, seit ich sie so gesehen und genommen habe.

Carol hockt sich über mich und ich erkenne ganz genau, wo mein Schwanz sich in sie bohrt, der nun quälend langsam von ihrer engen Mitte massiert und

Stück für Stück wieder freigelassen wird, nur, um Sekunden später erneut tief in ihr zu versinken. Carol hebt und senkt sich über mir und wirft dabei zufrieden ihren Kopf in den Nacken, während ihre harten Nippel im Schein der spärlichen Beleuchtung lustvoll mit ihren perfekten Brüsten um die Wette wippen.

Ich greife nach ihren Hüften, weil ich mich nicht mehr zurückhalten kann. Nicht mehr zurückhalten will. Mit festen Stößen dringe ich nun immer härter und tiefer in sie ein, kontrolliere ihre Bewegungen und drücke sie so feste auf mich, dass ich bereits das lustvolle Pulsieren meines Schwanzes bis in die Zehenspitzen spüren kann.

»Dreh dich rum!«, befehle ich und Carol steigt von mir herunter. Ohne weitere Worte verstehen wir einander. Unsere Körper wissen, was sie einander geben wollen und können. Ein fester Klaps auf ihren Apfelarsch lässt auch meine Frau lustvoll aufstöhnen, während ich sie auf alle Viere und ihren anbetungswürdigen Hintern an mich und meinen Schwanz heranziehe. Carol krallt bereits voller Erwartung ihre Hände in die Matratze und spreizt die Beine für mich. Auch ich kann mich nicht mehr länger zusammenreißen und stoße zu, dringe von hinten in sie ein, spüre ihre willige Nässe, die Muskeln, die meine Männlichkeit umschließen und verwöhnen, die Wellen der Lust, die uns beide mit einer Intensität aus monatelang aufgestautem Verzicht treffen – und vergesse mich und alles um uns herum.

Immer wieder nehme ich sie. Hart und fordernd antwortet ihr williger Körper mir, stemmt sich mir entgegen, nimmt mich auf und entlässt mich, bäumt sich auf und ergibt sich irgendwann mit einem lauten Schrei meiner unerbittlichen Penetration, bis wir gemeinsam in einem tosenden Orkan untergehen und gleichzeitig auferstehen wie der Phönix aus der Asche.

Dexter

Oh verdammt, ich wusste es! Und dennoch traue ich meinen eigenen Augen nicht. Irgendwie hatte ich so eine Ahnung. Irgendwie wusste ich, dass es zwischen Naomi und dieser Hollie ganz besondere Schwingungen gibt. Ich habe keinen Plan von diesem ganzen Weiberkram, aber die Blicke, die die beiden sich bereits beim Schwimmtraining immer wieder zugeworfen haben, scheine ich unterbewusst bereits richtig gedeutet zu haben.

Naomi hat definitiv kein Interesse an mir oder einem anderen Typen des Teams und ich werde ihre Nummer schleunigst wieder aus meinem Adressbuch entfernen, bevor ich in besoffenem Kopf noch auf dumme Ideen komme. Naomi steht auf Titten, genau wie ich. Zugegeben, diese Hollie hätte ich persönlich nicht unbedingt ausgesucht. Ihre Titten sind für meine Bedürfnisse absolut unterentwickelt, soviel kann man wohl sagen. Aber mit Naomi hat sie im Gegenzug dazu definitiv einen verdammt heißen Fang gemacht. Scheiße. Bei dem Gedanken an diese exotische Braut im Badeanzug werde ich auf der Stelle hart und schiebe mich schnell auf einen der hinteren Sessel im fast leeren Kinosaal.

Ich hasse es, mir alleine einen Film anzuschauen, aber ich werde definitiv nicht auf mich aufmerksam machen. Ganz im Gegenteil. Die beiden Sahneschnitten aus meinem Schwimmteam scheinen äußerst vertieft und haben mich noch nicht bemerkt. Allgemein haben die zwei nur Augen füreinander und nehmen ihr Umfeld überhaupt nicht wahr. Belassen wir es besser dabei. Ich bleibe lieber der stille, unerkannte Beobachter und versinke tief in meinem Sitz. Wenn die beiden gleich rumknutschen, wird ziemlich sicher meine Fantasie mit mir durchgehen, soviel ist sicher. Doch noch ist meine Reihe komplett leer und insbesondere der vernachlässigte kleine Freund in meiner Hose hofft sehr, dass es auch so bleibt. Der Film wird zur Nebensache und ich verzichte sogar darauf, noch einmal aufzustehen und mir Nachos zu besorgen. Zu groß ist die Gefahr, von den Turteltauben entdeckt und erkannt zu werden.

Froh über das gedimmte Licht und die viel zu früh startende Werbung mache ich es mir gemütlich und beginne gerade damit, mich zu entspannen, als ausgerechnet Lana im Saal auftaucht, ihn mit gerunzelter Stirn abscannt und natürlich an mir und meiner freien Sitzreihe hängen bleibt.

»Hey Dex«, schnurrt sie auch schon und lässt sich neben mich plumpsen, bevor ich auch nur im Ansatz protestieren kann. »Biste auch versetzt worden?« Ohne meine Antwort abzuwarten, giftet sie auch schon los. »Max ist so ein Arschloch, ehrlich. Ich weiß nicht, wie oft er dieses Spiel noch mit mir treiben will. Ich sag`s dir, damit ist jetzt ein für alle Mal Schluss. Der Typ ist für mich gestorben, echt!«

Augenrollend brumme ich nur leise etwas vor mich hin. Keine Ahnung, wovon Lana spricht. Wäre ich Max, hätte ich auch keinen Bock auf sie. Ich verstehe eh nicht, was er an ihr findet. Lana ist nervig. Und penetrant. Ich weiß das. Ich hab bereits meine Erfahrungen mit ihr gemacht und sowohl ein ganzes Jahr als auch mein Herz an sie verloren. Das wird mir nicht noch einmal passieren, soviel steht fest. Und auch, wenn das alles mit uns schon eine ziemlich lange Zeit zurück liegt, so weiß ich doch noch sehr genau, wie es sich angefühlt hat, sie ausgerechnet an unserem Jahrestag mit diesem Typen inflagranti zu erwischen. Vor dem Weihnachtsbaum haben die beiden es an der Leiter miteinander getrieben wie die Karnickel und mich dabei ganz schön blöd dastehen lassen mit meinem Blumenstrauß und einem Kopf voll romantischer Ideen. Was für ein Vollidiot ich doch war! Ich habe es ihr und ihrem nervig schnatternden Mund bis heute nicht wirklich verziehen. Aber zugegeben, Lana besitzt einen äußerst hübschen Mund. Und eine überaus geschickte Zunge. Erneut regt sich mein kleiner Freund und mir kommt eine Idee. Langsam verziehe ich meinen Mund zu einem süffisanten Grinsen und greife beherzt nach ihren Nachos.

»Max ist ein Arsch«, nicke ich und zwinkere ihr zu.

»Genau«, bestätigt sie mit großen Augen und lehnt sich seufzend neben mir zurück.

»Komm her«, fordere ich sie auf und ziehe sie in meinen Arm, »dem Blödmann zahlen wir es heim, hm?«

»Ach ja?« Jetzt wird sie doch hellhörig. »Und wie?«

»Du könntest mir ja einen blasen«, antworte ich ungeniert und drücke ihre Hand auf die Beule in meiner Jeans.

»Dex!« Schnell zieht Lana ihre Hand zurück und befreit sich aus meiner Umarmung. »Spinnst du jetzt total?«

Schulterzuckend bleibe ich sitzen, während ihr ungläubiger Blick auf mir ruht. »Keine Ahnung, was du meinst«, brumme ich. »Der Kerl hat dich versetzt. Selbst Schuld. Aber wir können doch trotzdem ein bisschen Spaß haben. Und tu nicht so entsetzt, ich weiß noch sehr genau, wie sehr es dir damals im Kino gefallen hat, als wir …«

»Ach sei still«, fährt sie mich an.

»*Du* hast dich doch neben mich gesetzt«, erwidere ich genervt. »Hab dich nicht drum gebeten, mir hier auf den Sack zu gehen.«

»Ich …«

»Jetzt halt endlich die Klappe, der Film fängt an«, weise ich sie zurecht. Meine abweisende Haltung ist pure Berechnung. Ich kenne Lana und weiß, dass ich sie längst am Haken habe. Ohne zu fragen bediene ich mich weiter an ihren Nachos und lehne mich erneut gemütlich in meinem Sitz nach hinten. Dabei achte ich darauf, dass ihre Finger leichtes Spiel haben, sollte sie es sich gleich endlich anders überlegen.

Eine lange Zeit passiert gar nichts und ich hasse es, mich dennoch nicht auf den durchaus spannenden Film konzentrieren zu können. Meine Gedanken schweifen immer wieder ab und ich kann nicht damit aufhören, Hollie und Naomi von hinten zu fixieren. Zu gerne hätte ich einen angeborenen Röntgenblick, denn ich bin mir sicher, dass die Hände der beiden längst nicht mehr so unschuldig nebeneinander liegen wie die von Lana und mir.

Mein Schwanz entwickelt erneut ein Eigenleben, als ich tatsächlich Zeuge meiner sicheren Vermutung werde und die beiden Frauen plötzlich tiefer in ihren Sitzen verschwinden und die Köpfe so nah zusammenstecken, dass keine weiteren Fragen nötig sind. Die beiden knutschen hemmungslos miteinander herum und ich greife erneut nach Lanas Hand, weil mich das verdammt nochmal so unfassbar geil macht. Dieses Mal macht sie keinen Rückzieher und beginnt, meine Latte zu massieren. Ich seufze erleichtert, als sie kurzerhand vom Sitz aus zwischen meine Beine gleitet. Sie rutscht genau in dem Moment nach unten ins Dunkle, als Max den Saal betritt. Kurz bin ich versucht, Lana darüber zu informieren, doch dann entscheide ich mich dagegen und grinse nur dämonisch, als Max sich ein paar Reihen vor uns auf einen der leeren Sitze schiebt und weiterhin suchend in alle Richtungen schaut. Tja, Lana. Max scheint doch nicht im Entferntesten so ein Arsch zu sein, wie du eine Schlampe bist.

Ihre geschickten Finger nesteln nur kurz an meiner Jeans herum, dann reckt mein vernachlässigter Freund sich ihr auch schon in beeindruckender Größe auffordernd entgegen. Während ich Max ausblende und das lesbische Schauspiel ein paar Reihen vor mir gebannt beobachte, macht Lana sich mit Feuereifer an meinem Ständer zu schaffen, massiert ihn mit ihren Fingern vom Schaft aus aufwärts und leckt dann mit ihrer Zunge auffordernd über meine nasse

Spitze. Sie kennt mein Piercing bereits, schließlich war sie dabei, als ich es mir damals habe stechen lassen. Ich weiß, wie sehr es sie anmacht, das kühle Metall in ihrem Mund zu spüren. Es klackert leise gegen ihre Zähne und ich erinnere mich noch ziemlich genau daran, wie aufregend der erste Fick damit war. Mein Schwanz schiebt sich tief in ihren perfekten Rachen und wird noch härter, als ich daran denke.

Der tiefe, vibrierende Bass des Surroundsystems, das flackernde Licht der Kinoleinwand, die kurzen Sequenzen lesbischer Zungen im Gegenlicht und die fleißigen Lippen an meinem Schwanz bringen mich schnell dazu, die Beherrschung zu verlieren. Ich bin sehr froh über die laute Kampfszene, die genau in dem Moment ihren Höhepunkt erreicht, in dem ich mit einem unterdrückten Grollen tief in Lanas Rachen abspritze und sie damit zum Schlucken zwinge. Mit dem Handrücken wischt sie sich über den Mund und erhebt sich kurze Zeit später mit einem zufriedenen Grinsen. Während Lana wieder neben mir Platz nimmt, schließe ich meine Hose. Ich spüre ihren auffordernden Blick, der an mir klebt.

»Was?«, herrsche ich sie irgendwann genervt an und schaue zu ihr herüber.

»Du bist dran«, grinst sie noch immer und beginnt bereits damit, ihren viel zu kurzen Rock nach oben zu schieben.

»Äh, womit?« Ich tue unwissend und lasse meinen Blick wieder zurück zur Leinwand wandern.

»*Womit*?« entrüstet steht ihr Mund offen, dass weiß ich, ohne mich ihr erneut zuzuwenden. »*Wir* wollten Spaß haben, Dex«, erklärt sie dann. Deine Idee. Du hattest deinen, jetzt bin ich dran!«

»Ach nee«, antworte ich nur schulterzuckend. »Keinen Bock mehr. Frag doch Max, der besorgt es dir sicher gerne.«

»Ich verstehe nicht, ich …«

Ein Kopfnicken in Richtung seines Sitzplatzes reicht aus und ich spüre förmlich, wie Lana sich neben mir versteift.

»Du bist ein richtiges Arschloch, Dex.«

»Und du bist und bleibst nur eine billige Schlampe«, grinse ich zufrieden.

Amy

Mit nassem Höschen stehe ich vor der Tür unserer Waschküche und kann nicht fassen, was ich gerade im Begriff bin, zu tun. Kaum war das Wasser der Dusche abgedreht, habe ich diese Geräusche gehört. Gedämpft, aber ich habe sie wahrgenommen und bin ihnen, in meiner Eile nur in ein Handtuch geschlungen, gefolgt. Habe ich vor wenigen Minuten noch über Jackson und mich nachgedacht und mir das Gefühl seiner ordentlichen Latte in meiner Hand ins Gedächtnis zurückgerufen, so werde ich bei den Geräuschen durch die verschlossene Tür hinweg noch feuchter, als ich es eh schon bin.

Das spitze Keuchen stammt definitiv aus Debbies Kehle und ich würde nur zu gerne wissen, mit wem sie es gerade treibt. Mein gestriges Intermezzo mit Jackson hat mir die Augen geöffnet und gezeigt, dass ich durchaus bereit für den nächsten Schritt bin. Vielleicht nicht direkt in unserer Waschküche, aber ich will endlich mein erstes Mal erleben. Und Jackson erscheint mir dafür genau der richtige Kandidat zu sein. Er kann wahnsinnig gut küssen und seine Finger stellen wahre Wunder mit meinem Körper an. Als er sie gestern zögerlich erst unter mein Shirt und dann in meinen BH geschoben hat ... oh Gott ... dieses Gefühl werde ich so schnell nicht mehr vergessen und ich will es unbedingt erneut mit ihm ... ein spitzer Schrei reißt mich aus meinen Gedanken und zurück vor die verschlossene Tür, deren Klinke ich nun ganz automatisch leise herunter drücke. Ich weiß, dass in im Begriff bin, eine Grenze zu überschreiten. Ich sollte mir mein Handtuch schnappen und schleunigst zurück in mein Zimmer verschwinden. Ich sollte verdammt nochmal nicht so neugierig sein ...

Mein erster Blick fällt auf den nackten Hintern meines Vaters und ich schlage mir die Hand vor den Mund, um mich nicht zu verraten. Dad steht, mit heruntergelassenen Hosen und zerzaustem Haar, mit dem Rücken zur Tür und rammt sich stöhnend immer wieder zwischen die weit gespreizten Beine meine Freundin, die, erregt quietschend, bäuchlings über unserer Waschmaschine liegt.

Die Bewegungen meines Vaters haben nichts Liebevolles an sich. Vielmehr wirkt er wütend und scheint sich fast aggressiv Erleichterung verschaffen zu wollen.

»Fester, Daddy!«, befiehlt Debbie mit seltsam belegter Stimme und ich erkenne, dass die Stöße meines Vaters tatsächlich noch mehr an Fahrt aufnehmen. Meine Freundin stöhnt laut und scheint das alles auch noch zu genießen.

Daddy? Was ist das für ein krankes Spiel zwischen den beiden? Das quatschende Geräusch, das seine regelmäßige Penetration hervorruft, wird mich noch lange verfolgen. Genau im richtigen Moment schließe ich die Tür wieder lautlos, denn als ich auf dem Weg zurück in mein Zimmer bin, höre ich bereits den dumpfen Erleichterungsschrei meines Vaters, der nur eines bedeuten kann. Für einen kurzen Moment muss ich wirklich überlegen, ob ich mich vielleicht übergeben muss und ringe mit meinen eigenen Empfindungen, einer Mischung aus Ekel, Scham, Wut und … Erregung.

Noch immer ist es mehr als feucht zwischen meinen Beinen und ich schiebe es auf meine Tagträume und die Erinnerung an Jackson. Es erscheint mir jedoch trotzdem schier unmöglich, das eben Gesehene auch nur im Ansatz so erregend zu finden wie Debbie und mein Dad. *Daddy!* Diese Vorstellung ist wirklich ekelhaft und ich bin froh, meinen Vater in dieser Situation nur von hinten gesehen zu haben.

Aber Debbie … diese Geräusche … diese klaren Laute der Lust …

Wie lange läuft das wohl schon zwischen den beiden? Und ob meine Mutter auch nur im Ansatz etwas davon ahnt? Vermutlich nicht, sie ist ja immer nur unterwegs. Aber mein Dad, wie kommt er nur auf so eine Idee? Debbie ist viel zu jung und er ist so … so alt! Verwirrt lasse ich mich auf mein Bett fallen und meinen Gedanken freien Lauf.

Ob Jackson in der Lage sein würde, mir solche Geräusche zu entlocken? Ob mein Körper überhaupt in der Lage ist, unter seinen Berührungen solche Lust zu empfinden? Ich spüre das ungeduldige Pochen zwischen meinen Beinen und bin mir sicher, dass einzig der Gedanke an Jackson und seine geschickten Finger der Grund dafür sein können. Keinesfalls die spitzen Schreie meiner Freundin oder die wütenden Bewegungen meines Vaters in ihr, die …

Nein! Jackson. Ich war bei Jackson. Seine kalten Finger, die sich langsam ihren Weg unter meinen Rock und zwischen meine Beine bahnten, als wir im Garten geknutscht haben. Die quälend langsam meine Beine geteilt und sich vorsichtig über und zwischen meine Schamlippen schoben. Zärtlich. Liebevoll. Behutsam. Nicht so wild und animalisch, wie ich es gerade eben bei Debbie und …. *Stopp, verdammt! Jackson! Du denkst an JACKSON!*

Meine Hände fahren ganz automatisch den Weg auf meinem Körper ab, den seine Finger genommen haben. Ich streichele sanft über meine Brüste, zwischen mich selber und spüre, wie meine Nippel hart werden, sehe, wie sie sich aufrichten in der Hoffnung auf mehr. Langsam lasse ich meine Hand an meinem Körper entlang nach unten wandern und finde das feuchte Ziel ohne Umwege, spüre das Ziehen tief in mir und die Nässe, die sich bereits verheißungsvoll bis zu meinen Oberschenkeln ausbreitet.

Nun sind es meine eigenen Finger, die meine Schamlippen teilen und äußerst neugierig tiefer wandern. Hinein in warmweiches, ihnen längst bekanntes Terrain, das sich rhythmisch um meine Finger herum öffnet und schließt, während ich mir vorstelle, Jackson würde seine Finger in mich schieben. Jackson, wie er mich verwöhnt, seine Latte an mir reibt, mich fingert, leckt und dann … oh Gott, ich bin so bereit, verdammt!

Jackson

Als mein Handy vibriert und ich sehe, dass Amy mir eine Nachricht geschrieben hat, pocht mein Herz mir bis zum Hals. Ich schmecke noch immer ihre honigsüßen Küsse auf meinen Lippen und weiß, dass ich gestern noch sehr viel mehr von ihr hätte kosten können, wenn ich uns nicht gestoppt hätte.

Es ist nicht so, dass ich es nicht gewollt hätte. Am liebsten hätte ich Amy sofort ins Haus und in ein leeres Zimmer geschleppt, um ihr das Hirn herauszuvögeln. Aber ich bin kein Idiot. Ich weiß, dass sie es noch nie mit jemandem getrieben hat. Alleine, mit welcher Zurückhaltung sie mich endlich berührt hat, hat mir die Augen geöffnet und gezeigt, dass mein Schwanz der erste für sie ist.

Ich will sie.

Aber ich will sie nicht nur vögeln. Amy ist etwas Besonderes. Ich möchte sie wirklich kennenlernen, denn ich mag sie. Keine Ahnung, wie sie das macht, aber sie stellt irgendetwas mit meiner Atmung und mit meinem Herz an, wenn ich in ihrer Nähe bin. Es ist vollkommen verrückt, aber ich glaube, ich bin zum ersten Mal wohl irgendwie ... verknallt. Und ich will es nicht versauen.

Als sie mich jetzt in ihrer Nachricht bittet, sie daheim zu besuchen, zögere ich keine Sekunde. Amy öffnet mir mit vom Duschen noch feuchten Haaren und geröteten Wangen, was mich absolut verzaubert. Fast schüchtern drückt sie mir einen Kuss auf die Lippen und ich halte mich zurück, lasse meine Zunge in meinem eigenen Mund und drücke sie stattdessen nur kurz an mich.

»Komm rein«, fordert sie mich auf und ich folge ihr schweigend die Treppe nach oben und in ihr Zimmer.

»Bist du alleine?«, frage ich sicherheitshalber nach, doch sie dreht bereits den Schlüssel in ihrer Tür herum, was mich verunsichert und beruhigt zugleich.

»Keine Ahnung«, antwortet Amy schulterzuckend. »Glaub, Debbie und mein Dad sind da, aber ich weiß nicht genau, wo.«

»Ah ...«, setze ich nachdenklich an, weil ich es seltsam finde, dass sie nicht weiß, wo sich ihre Freundin gerade herumtreibt, wenn sie doch hier geschlafen hat.

Doch mein Hirn setzt aus und ist zu keiner weiteren Überlegung fähig, als Amy sich ohne Vorwarnung vor mir aufbaut und sich den Hoodie über den Kopf zieht, unter dem nichts als ihre blanken Brüste und diese wunderschönen Nippel zum Vorschein kommen, die mich gestern schon um den Verstand gebracht haben.

»Äh …« stammele ich und starre erst auf ihre Titten, dann in ihr wunderschönes Gesicht mit den leicht geröteten Wangen. »Was wird das?«

»Ich …«, beginnt sie und beginnt nun auch noch damit, ihre Hose vor meinen Augen aufzuknöpfen. Ich schlucke schwer und greife nach ihren Händen, um sie daran zu hindern. »Ich musste die ganze Nacht an dich denken«, erklärt sie mir dann und bedenkt mich mit diesen großen Augen, in denen ich versinken möchte.

Mein Herz macht einen Satz und meine Atmung beschleunigt sich, während mein Schwanz bereits nervös gegen meine Hose drückt. Verdammt. »Amy, ich denke, wir sollten …«

»Ja?«

»Wir sollten es langsam angehen«, beende ich den Satz und sehe pure Enttäuschung in ihren Augen aufblitzen.

»Habe ich gestern etwas falsch gemacht?«, fragt sie jetzt. »Gefalle ich dir nicht?«

Na super. Auch das noch.

»Doch, natürlich!«, widerspreche ich schnell. Ich möchte auf gar keinen Fall, dass sie auch nur annähernd denkt, ich würde sie nicht mögen. »Natürlich gefällst du mir Amy! Ich denke nur, wir sollten …«

»Wo liegt dann das Problem, Jackson?«

»Nirgendwo. Es gibt kein Problem. Ich will nur nichts überstürzen. Ich will nicht, dass du …« Unsere Blicke treffen sich. »Ich will dir nicht wehtun, Amy. Lass uns warten. Ich will, dass dein erstes Mal etwas Besonderes wird.«

»Wie kommst du darauf, dass ich noch nie …«

»Spiel mir nichts vor. Bitte, Amy.«

»Ich spiel dir gar nichts vor, ich will doch nur …«

»Bist du noch Jungfrau? Ja oder nein?« Sie schweigt. »Sag es mir, Amy. Los!«

»Ja, verdammt. Aber …«

»Komm her, leg dich neben mich«, fordere ich sie auf und mache Platz auf dem Bett, das so überaus einladend wirkt. Wortlos gehorcht sie und bedenkt mich mit einem unsicheren Blick. Ich beginne vorsichtig damit, ihre Brüste zu streicheln und beuge mich irgendwann über sie, hauche zarte Küsse in die Kuhle an ihrem Hals und genieße, wie extrem sie darauf reagiert und sich unter meiner Berührung windet. Ihre steinharten Nippel laden mich ein, an ihnen zu saugen und Amy stöhnt unter meiner forschen

Zunge, die nun ihre Lippen teilt, während meine Finger weiter ihren anbetungswürdigen Körper erkunden. Ich kann nicht fassen, dass ich wirklich der erste für sie sein soll. *Versau es nicht, Jackson,* mahne ich mich stumm. Als ich meine Hand in ihre Hose schiebe, macht sie sich an meinem Gürtel zu schaffen, doch ich drücke ihre Hände zurück auf die Matratze und schüttele nur mit dem Kopf.

»Langsam«, bestimme ich. »Alles zu seiner Zeit.«

Sie ist so unglaublich feucht. Mein Schwanz springt im Dreieck und droht mir bereits, doch er wird dieses Gebiet heute nicht betreten. Auf gar keinen Fall.

Stattdessen schäle ich Amy nun aus ihrer Hose, während meine an Ort und Stelle verbleibt. Ich erkenne die Unsicherheit in ihrem Blick, sich mir so entblößt zu zeigen und hauche sanfte Küsse auf ihre Hüftknochen, lasse meine Zunge zärtlich ihren Bauchnabel erkunden und schiebe erneut meine Hand zwischen ihre Beine, was sie leise keuchen und den Kopf heben lässt.

»Entspann dich, Süße«, grinse ich nur und massiere vorsichtig die Stelle zwischen ihren Schamlippen, die sich meinen Fingern geschwollen entgegen reckt.

»Jackson, ich … oh Gott!« Ein Zittern durchläuft ihren Körper und mein Grinsen wird breiter.

»Langsam, meine Schöne«, mahne ich leise und erhöhe den Druck meiner Finger. »Ich werde dich heute fliegen lassen. So oft du willst. Aber ich werde nicht mit dir schlafen. Noch nicht …«, füge ich schnell hinzu, als ich sehe, dass sie erneut den Kopf hebt und protestierend ihren Mund öffnen will. Diesen süßen Mund, in den ich mich irgendwann … *später, Jackson. Später!*

Vorsichtig wage ich mich weiter vor, drücke ihre Beine ein Stück auseinander und massiere mit meinem Daumen ihren vor Feuchtigkeit glänzenden Eingang. Unter Amys keuchender Atmung dringe ich langsam mit meinem Finger in sie ein und halte die Luft an, weil ich tatsächlich kurz davor bin, in meiner Jeans abzuspritzen. Ich habe noch nie so eine wunderschöne, enge Fotze gespürt und kann es nicht erwarten, mich in ihr auszubreiten und sie … *JACKSON!*

Keine Ahnung, ob Amy gerade meinen Namen geschrien hat oder ich nur meine Gedanken überlaut in meinem eigenen Kopf höre. Ihr Unterleib zuckt jedenfalls wie wild um meinen Finger herum und ich treibe mutig einen weiteren in sie hinein, den sie verschlingt und sich mit festen Stößen immer weiter auf mich schiebt. Ich kann meinen Blick einfach nicht von ihrer Spalte und meinen triefenden Fingern nehmen, die sie sich nimmt, als gäbe es kein Morgen. Sie zu entjungfern wird ein Fest für mich werden.

»Fester, Jackson!«, höre ich sie da stöhnen und traue meinen eigenen Ohren nicht. Doch ich gehorche und fingere sie. Fester, schneller, härter, bis sie sich aufbäumt und um meine Finger herum so feste zu zucken beginnt, dass ich ebenfalls komme.

Oh verdammt, Jackson!

Ihre Atmung geht schwer und stoßweise, während ich meine Finger aus ihr ziehe und kurz überlege, sie mir abzulecken. Doch ich entscheide mich dagegen, denn ich habe keine Ahnung, wie weit ich bei Amy schon gehen kann. Sie hat es noch nie mit jemandem getrieben und reitet doch meine Finger, als hätte sie nie etwas anderes gemacht. Verwirrt rücke ich meinen Schwanz in meinem Schritt zurecht und lasse den Blick über sie schweifen. Über ihren perfekten, so unschuldigen Körper, der doch voller Geheimnisse zu stecken scheint.

»Das war schön«, murmelt sie leise und ich grinse bei diesen Worten wie ein Honigkuchenpferd.

»Oh ja«, nicke ich und lege meine Lippen auf ihren Mund. »Und das war erst der Anfang, Prinzessin.« Hoffnung keimt in ihren Augen auf, doch ich hebe nur die Brauen und schüttele meinen Kopf. »Oh nein, nicht, was du denkst. Ich werde dich heute nicht vögeln, kannst du voll vergessen. Aber …« Jetzt greife ich nach ihrer Hand und schiebe sie in meine Hose. »Fühlst du, was du mit mir gemacht hast, Amy?« Erschrocken zieht sie die Luft ein, als sie in meine abklingende Erregung und meinen klebrigen Samen greift. Ein Test, den sie mit Bravour besteht, denn im Gegensatz zu mir hat sie kein Problem damit, sich vor meinen Augen ihre Finger abzulecken und dabei lustvoll die Augen zu schließen.

Amy ist ein durchtriebenes Luder. Ein enges Jungfrauen-Luder. Was bin ich doch für ein Glückskind! Grollend drücke ich sie zurück auf die Matratze und schiebe ihre Arme über ihren Kopf.

»Na warte«, drohe ich und drücke ihre Beine wieder weit auseinander, was ihr einen spitzen Aufschrei entlockt, den ich ignoriere. Ohne Vorwarnung versinkt mein Kopf zwischen ihren Schenkeln und ich schiebe meine Zunge so tief in ihre geschwollene, noch immer triefende Spalte, dass ich selber kaum noch Luft bekomme und in ihrem Geruch ertrinke. *Ich ertrinke in dir, Amy. Und ich kann mir nichts Schöneres vorstellen!*
Meine Zungenschläge werden schneller, ich sauge, knabbere und lecke diese willige, enge Fotze, bis sie erneut zu zucken beginnt und sich rhythmisch zusammenzieht, unter meinem feurigen Blick alle

Nässe herauspulsieren lässt, die sie zu bieten hat und irgendwann rot und geschwollen zum Erliegen kommt. Und ich mit ihr. Auf ihr. In ihr. Amy ist etwas ganz Besonderes. Und ich werde ihre Entjungferung zelebrieren, das schwöre ich bei allem, was ich bin und was mir etwas bedeutet.

Carol

Kaum habe ich mein Bühnenprogramm beendet, stehe ich zitternd in der Umkleide und kann nicht fassen, was da gerade passiert ist.

»Hey, Carol«, brummt Liz, die am Schminktisch sitzt und gerade ihren Lidstrich nachzieht.

»Hey«, antworte ich halbherzig, was mir ihren prüfenden Blick durch den Spiegel hinweg einbringt.

»Ist alles in Ordnung?«

»Wie groß ist wohl die Chance, dass du ausgerechnet hier im knappen Kostüm auf deinen Ehemann triffst, der keine Ahnung von deinem Job hat?« antworte ich mit einer Gegenfrage.

»Was weiß ich«, Liz zuckt mit den Schultern und wendet sich wieder ihrem Spiegelbild zu, »bin nicht verheiratet.« Dann hält sie inne und ihre Augen werden noch größer, als sie eh schon sind. »Nein!«, ruft sie aus, blinzelt und beäugt mich ungläubig.

»Oh doch«, nicke ich und massiere mir überfordert mit den Fingern die Nasenwurzel.

»Hat er dich erkannt?«

»Was denkst du denn?«, schnauze ich los. »Natürlich hat er mich erkannt!«

»Und wo ist er jetzt?«

»Bei Q im Zimmer.«

»Dann pass bloß auf, dass Turbo nichts bemerkt, der ist heute ziemlich schräg drauf.«

»Warum das denn?«

Erneut zuckt sie mit ihren Schultern. »Hab ihm gestern nen Korb gegeben und bin dann mit Leo weiter um die Häuser gezogen. Jetzt schmollt er.«

»Du bist gemein. Er mag dich wirklich, das weißt du doch!«, mahne ich meine Kollegin. Hier gibt es viel Neid und Lüge, aber Liz und ich waren uns vom ersten Tag an grün. Ich würde sie nicht direkt als Freundin betiteln, aber das, was uns verbindet, kommt dem zumindest ziemlich nah.

»Weiß ich doch. Turbo ist ja auch irgendwie ganz süß. Vielleicht rede ich nachher nochmal mit ihm.«

»Tu das«, nicke ich zufrieden. »Und vielleicht besser früher als später. Ich hab da nämlich was zu erledigen!« Ein verschwörerischer Blick in die Richtung Zimmer Nummer vier lässt Liz verstehen.

»Was hast du Q denn gesagt?«

»Nur die halbe Wahrheit. Deshalb bin ich auch über die Maßen gespannt darauf, endlich dem Kerl gegenüber zu treten, der sich mit seiner Frau gezofft hat und mal *Dampf ablassen muss*!«

Liz bricht in schallendes Gelächter aus. Turbos Aufmerksamkeit ist uns ab sofort sicher und sie grinst verschlagen, denn schon hören wir seine schweren Schritte näher kommen. »Mach dir keine Sorgen, Süße«, gluckst sie augenzwinkernd, »das Ablenkungsmanöver hat soeben begonnen. Und jetzt husch husch, besorg es deinem armen, untervögelten Mann mal ordentlich. Q wird sich ihr Zimmer aber sicher was kosten lassen, soviel ist klar.«

»Ja«, grinse ich, »hat sie mir auch schon gesagt. Wird nicht billig heute für meinen Mann.«

»Nichts anderes hat er verdient. Lass ihn leiden.«

»Eine meiner leichtesten Übungen!«

Mit zielstrebigen und doch wackeligen Schritten nähere ich mich der Tür, hinter der mich mein Mann erwartet. In einem Bordell. Als zahlender Kunde. *Ich kann nicht glauben, wie weit es mit uns gekommen ist, Cal!*

Als ich gerade eben meinen BH habe fallen lassen und zeitgleich das irritierte Gesicht meines Mannes im Publikum entdeckte, wusste ich kurzzeitig nicht, was ich denken oder tun sollte. Gott sei Dank habe ich diese Nummer bereits so oft getanzt, dass ich sie im Schlaf beherrsche. Selbst Turbo scheint nichts weiter aufgefallen zu sein, was mich sehr beruhigt und nun die Klinke von Qs stillem Kämmerchen herunterdrücken lässt. Die Gage für heute wandert definitiv in ihre Tasche, aber wenn ich dafür endlich mit meinem Mann reinen Tisch machen kann, ist das wohl ein fairer Preis. Was zur Hölle hat er sich nur dabei gedacht? Und überhaupt, was war das eben für eine unfassbar bescheuerte Aktion, mir die Kinder auf den Hals zu hetzen und dann einfach mit quietschenden Reifen das Weite zu suchen?

»Bist du jetzt vollkommen durchgedreht?«, schnauze ich ihn an, kaum dass meine Augen sich an das gedämpfte Licht im Zimmer gewöhnt haben. Q hat wirklich Geschmack. Ihre persönliche Liebeshöhle ist weder mit Kitsch überladen noch vollkommen steril. Ein Hauch von Zitrone liegt in der Luft und ich komme nicht umhin, mich ein klein wenig wie im Orient zu fühlen, denn die kleine Lampe, von der das angenehme Licht im Raum stammt, dreht sich langsam um die eigene Achse und erzeugt durch die Spiegelungen wundersame Gebilde auf den

Wänden und Möbeln, während Kissen und Lampenschirm mich an Aladdin und die Märchen aus Tausendundeiner Nacht erinnern. Auch Cal sieht fremd unter dem seltsamen Schattenwurf aus, was mich aber nicht davon abhält, die Hände wütend in meine Hüften zu stemmen und mir keinerlei Gedanken darüber zu machen, dass ich fast nackt vor ihm stehe. Er ist mein Ehemann.

Er interessiert sich seit Monaten nicht mehr für mich und holt sich stattdessen lieber unter der Dusche einen runter.

Er findet mich schlicht und ergreifend nicht mehr attraktiv.

Das und andere Dinge werfe ich ihm in unserem kurzen, aber hitzigen Wortgefecht geballt an den Kopf, weil ich nicht fassen kann, dass er mich wirklich in einem Bordell hintergehen wollte, um *Dampf abzulassen*! Wie tief sind wir nur gesunken, Cal und ich. Müde lasse ich mich neben ihm auf das Bett sinken. Plötzlich ist mir nur noch unfassbar kalt und mein Körper beginnt unkontrolliert zu zittern, weshalb Cal mich sofort in eine Decke hüllt.

»Ich bin verrückt nach dir«, erklärt er mir dann eindringlich. Ich will seinen Worten so gerne Glauben schenken. »Das war ich immer und das werde ich immer sein«, fährt er fort.

Seine ehrlichen Worte berühren mein Herz und ich möchte ihm auch endlich die Wahrheit sagen. »Hier habe ich das Gefühl, gesehen zu werden«, erkläre ich ihm deshalb leise auf seine Frage, *WARUM*. »Ich fühle mich begehrenswert, wenn ich auf der Bühne stehe und diese Blicke auf mir spüre. Ich ...«

»Aber du BIST begehrenswert, verdammt!«, unterbricht er mich. Cal springt auf seine Beine und baut sich in voller Größe direkt vor mir auf. So nah, dass ich meinen Kopf heben muss, um in seine vertrauten Augen zu blicken, die mich mit warmem Glanz mustern.

Irgendetwas lösen seine Worte in mir aus. Zwischen meinen Schenkeln beginnt es unnachgiebig zu kribbeln und ein viel zu lange vermisstes Gefühl überfällt mich vollkommen unerwartet. Erst zögere ich, doch ich habe einen Plan. Jetzt oder nie. Grinsend ziehe ich ihn deshalb an seinem Hosenbund näher an mich heran. Tatsächlich scheint Cal zwar zu ahnen, aber noch nicht ganz zu begreifen, was sich gerade in meinem Kopf zusammenbraut.

»Was tust du da, Carol?«, fragt er mit leicht belegter Stimme, hält mich aber nicht davon ab, langsam seine Jeans zu öffnen und dabei mit meinen Fingern über seinen knackigen Hintern zu streifen, während die Hose nach unten fällt. Ich habe seinen Schwanz seit Ewigkeiten nicht mehr in voller Pracht gesehen und auch jetzt ist er noch weit davon entfernt, was ich keinesfalls akzeptieren werde.

Nicht hier.

Nicht heute.

Nicht in dieser erregenden Situation.

Es ist ein unbeschreibliches Gefühl, ihn in meinem Mund wachsen zu spüren. Cal stöhnt bereits laut auf vor Lust, als ich meine Zunge fordernd an seiner Spitze spielen lasse und an ihm sauge, während meine Lippen ihn fest im Griff haben.

Irgendwann entzieht er sich dennoch meinem Mund und drückt mich rücklings auf die Matratze, was meine pulsierende Mitte nur allzu gerne mit sich machen lässt, ist es doch nun an ihr, sich von seiner fordernden Zunge teilen und bis in die Tiefe lecken zu lassen. Ein dunkles Grollen entsteigt seiner Kehle, während ich mich mit gespreizten Beinen seinem Mund entgegendrücke und seine Finger meine Nippel exakt so bearbeiten, wie ich es brauche. Cal kennt mich. Und ich kenne ihn.

Als er mich auf seinen Schoß und vor den großen Wandspiegel zieht, wird mir heiß und kalt zugleich. Das dämmrige Licht, sein Geruch, unsere Erregung, dieser Raum und diese ganze skurrile Situation sorgen für einen seltsamen Nervenkitzel, der mir das Gefühl gibt, etwas vollkommen Unanständiges und zugleich unfassbar Aufregendes zu tun.

Willig spreize ich meine Beine und spüre dabei bereits seine Härte gegen meinen Hintern drücken, was mich dazu veranlasst, mein Becken zu heben und ihm vor unseren glasigen Augen Einlass zu gewähren. Ich kann und will den Blick nicht von diesem unanständigen Spiegel nehmen, sauge dieses Bild von uns beiden tief in mir auf und lasse mich mit flatternden Lidern einfach fallen.

In seine starken Arme.

In diesem Gefühl.

In meiner absoluten Ekstase.

Als Cal mich irgendwann fest in die Matratze drückt und mich von hinten teilt, fiebern wir einem gemeinsamen Höhepunkt entgegen, der Seinesgleichen sucht. Während er seinen Schwanz immer fester und schneller in mich schiebt, meinen Hintern massiert und mir mit jedem seiner Stöße die Sterne vom Himmel holt, spüren wir bereits den Orkan, der uns überrollen wird. Wie ein Tsunami nimmt er uns mit auf eine Reise ohne Boden, wirbelt alles in uns vollkommen durcheinander und sorgt dafür, dass wir eine lange Zeit eng umschlungen einfach nur nach Luft ringend auf dieser Matratze liegen, bis sich Himmel und Erde, Wasser und Luft, Feuer und Eis, Carol und Callum wieder zurück in sich selbst verwandelt haben.

Bridget (Bree)

Du machst es mir jedes Mal so verdammt leicht, Mason! Dein Desinteresse an mir und meinem Leben sorgt dafür, dass mein schlechtes Gewissen sich zunehmend in Luft auflöst, wenn ich mich mit Timothy treffe. Und mit seiner Frau. Was ist nach all den Jahren nur aus uns und unserer Ehe geworden? Hast du keine Lust mehr auf mich? Bin ich dir nicht mehr wert als ein schneller Fick unter der Bettdecke, damit du danach in Ruhe einschlafen kannst? Bin ich dir nicht mehr jung genug?

Oh ja, Mason! Denk nur nicht, ich wäre blind. Ich sehe, mit welchen Blicken du dieses kleine Flittchen taxierst. Die kleine süße Deborah! Und ich kenne dich. Wenn du mich mitten in der Nacht weckst, nur um dich in mir zu erleichtern, dann weiß ich sehr genau, welche Bilder gerade deine Fantasie beflügeln. Doch während du nur träumst, erfülle ich mir längst meine Sehnsüchte, Mason! Du hast ja keine Ahnung.

Selbst nach all den Jahren bist du so vollkommen blind. Aber Timothy sieht mich. Er begehrt mich. Und anders als du erfüllt er mir all meine verborgenen Sehnsüchte. Ich weiß, dass du die Launders nicht leiden kannst. Sie sind hochnäsig, stets perfekt und stinkereich. Auf Abigail mag diese Beschreibung zutreffen. Sie ist in diesem Spiel immer schon die stille Beobachterin gewesen, ein schlauer Fuchs, stets im Hintergrund, lauernd, aber nie wirklich greifbar.

Mein Chef hingegen ist anders. Alles, was Timothy nach außen hin repräsentiert, löst sich auf der Stelle in Luft auf, wenn wir hinter verschlossenen Türen sind. Sie ist stets dabei. Sie schaut uns zu, genießt schweigend für sich alleine. Es ist ein stilles Einvernehmen, über das wir noch nie ein Wort verloren haben. Abigail und ich sprechen nur an offiziellen Geschäftsterminen miteinander. Trotzdem kennt sie mich und weiß sehr genau, was ich will. Was ich genieße. Was ich aushalte.

Ich habe keine Ahnung, was zwischen Timothy und ihr passiert, wenn ich wieder daheim und bei meiner Familie bin. Und ehrlicher Weise interessiert es mich auch nicht sonderlich. Mein Job hier ist ein vollkommen anderer, als er für den Rest der Welt den Anschein macht. Für die Launders bin ich eine Hure. Angestellt, um ihnen Lust zu bereiten. Für mich bedeutet dieser Job alles, denn nur Timothy vermag mir das zu geben, was ich brauche. Der Gedanke an das, was mich gleich erwartet, lässt mich bereits erregt schaudern. Mason und sein Schwanz sind ein Fliegenschiss gegen das, was sich mir gleich offenbaren wird. Zwischen meinen Beinen zuckt es bereits erwartungsvoll.

Dieser Theaterbesuch war nur vorgeschoben. Hätte Mason nicht von sich aus geschwächelt, hätte ich mir schon etwas einfallen lassen. Bisher habe ich es noch immer irgendwie geschafft, ihn davon abzuhalten, mich zu begleiten. Soll er sich doch die Finger an dieser kleinen Schlampe verbrennen, die er seit Tagen schon mit Blicken auszieht. Zugegeben, sie macht es ihm auch wirklich leicht. Mir ist längst klar, dass Debbie ein Auge auf meinen Mann geworfen hat. Ich verstehe das sogar, denn er ist durchaus attraktiv. Doch für mich ist er in all den Jahren langweilig geworden, ich vermisse das Feuer zwischen uns und habe erkannt, dass Mason, verglichen mit Timothy, es noch nie wirklich und wahrhaftig in mir entfacht hat.

Auf genau dieses Feuer warte ich jetzt und lasse mein Kleid bereits achtlos an meinem Körper hinabgleiten, während ich mich interessiert umschaue. Unser Treffpunkt ist stets derselbe und ich kenne mich in diesem abgedunkelten Raum bereits bestens aus. Auf alles vorbereitet erwarte ich ihn, denn

Timothy liebt es, mich zu überraschen. Und ich kann es kaum erwarten, mich überraschen zu lassen. Also steige ich aus meinen Pumps und streife die Nylonstrumpfhose an meinen Beinen hinunter. Dann löse ich den Verschluss meines BHs und lasse ihn, gemeinsam mit meinem Slip, achtlos auf mein Kleid fallen. Routiniert schiebe ich die nackten Füße in die vorbereiteten Bodenschlaufen und meine Hände ergreifen die von der Decke herabhängenden Bandagen, die sich, gewohnt weich gepolstert, um meine Handgelenke legen.

Abigail beobachtet mich dabei längst, dessen bin ich mir absolut sicher. Ich weiß nicht, was sie hinter dieser abgedunkelten Scheibe tut, doch ich spüre ihre Aura. Besorgt sie es sich selber, während sie uns zuschaut? Lässt sie es sich besorgen? Ist ein Mann bei ihr? Eine andere Frau? Ich tappe im Dunkeln und stelle trotzdem keine Fragen.

So ist unser Deal.

So beginnt es jedes Mal.

Das spärliche Licht ist exakt so eingestellt, dass nichts an mir verborgen bleibt und ich spüre bereits die Nässe zwischen meinen weit geöffneten Beinen. Eine freudige Erwartung überfällt meinen kribbelnden Körper, denn ihr verborgener Blick brennt bereits wie Feuer auf meiner Haut und meine Nippel stellen sich unweigerlich auf. Angenehm nervös winde ich mich in meinem freiwilligen Gefängnis, das nichts als Erfüllung für mich bedeutet. Als Timothy hinter mich tritt, verändert sich die Luft. Mein stets perfekter Chef lässt nur hier seine Maske fallen und zeigt sich so, wie er ist. Ein durchtrainiertes Muskelpaket. Ein triebgesteuerter Mann mit animalischer Lust, die er nun ungeniert an meinem Hintern reibt.

»Bridget«, flüstert er rau an meinem Ohrläppchen und ich erschaudere, als er mit seinem Fingernagel langsam eine Linie von meinem Nacken bis zwischen meine Pobacken zieht.

»Zeig mir, wie sehr du mich vermisst hast«, fordert er und schiebt seinen Finger ohne zu Zögern in mich, was mich laut keuchen und schon jetzt an den Fesseln zerren lässt. Kaum hat er seine Hand zurückgezogen, steht er vor mir. Dieser perfekte Körper, über und über mit dunklen Mustern bedeckt. Nie hätte ich auch nur im Ansatz für möglich gehalten, dass er so vollkommen *anders* ist als seine biederen Anzüge der Außenwelt stets suggerieren. Sein herber Duft dringt in meine Nase und bis in mein Gehirn. Er riecht so verdammt gut.

»Bree«, flüstert er nun meinen Kosenamen, »heute habe ich etwas ganz Besonderes für dich vorbereitet!«

Meine Spalte zuckt verheißungsvoll, als er nun über mich greift und dafür sorgt, dass meine Handgelenke fest verzurrt werden. Seine über und über tätowierte Brust kommt meinem Gesicht dabei so nah, dass ich nicht anders kann, als mit meiner Zunge über seine Brustwarzen zu lecken. Als Reaktion tritt er noch ein Stückchen näher an mich heran, nur um mit einer geübten Bewegung seiner Füße dafür zu sorgen, dass die Schienen, in denen meine eigenen stecken, noch ein bisschen weiter auseinander gefahren werden. So weit, dass ich ein ganzes Stück tiefer rutsche und mein Gewicht zunehmend von meinen Handgelenken gehalten werden muss, die nun schwer in den gepolsterten Fesseln hängen. Dafür ist mein Gesicht seiner Schwanzspitze nun so nah, dass es ein Leichtes für ihn wäre, sich einfach zwischen meine Lippen zu schieben.

Ich weiß, wie gerne er es hat, wenn ich an ihm sauge. Ich bin mir sicher, dass meine Zunge ihn heute noch verwöhnen wird. Doch Timothy lässt sich Zeit, obwohl ich es auf seiner Spitze bereits verheißungsvoll glänzen sehe. »Bist du bereit?«, fragt er. Ich nicke nur, lecke mir über die Lippen und starre weiterhin auf seinen beeindruckenden Ständer, den er mir ungeniert präsentiert.

»Nicht so schnell, Bree«, säuselt er gönnerhaft und streicht mit dem Daumen grob über meinen Mund.

»Schließ die Augen«, bestimmt er dann. Ich habe keine Ahnung, wie er die Maske plötzlich in seine Hände gezaubert hat, aber er legt sie mir über die Augen und zurrt sie mit einem Knoten an meinem Hinterkopf fest. Absolute Dunkelheit umgibt mich, doch ich nehme seinen Atem direkt neben mir wahr, was den meinen automatisch beschleunigt.

»Ganz ruhig, Bree«, säuselt er nun. Erneut spüre ich seinen Fingernagel auf meiner Haut. Dieses Mal beginnt er den Weg an meinem Hals und wandert zielstrebig tiefer, bevor er sich erneut ohne Vorwarnung in mich schiebt. »Schön glatt«, bemerkt er leise und streicht über meine bereits geschwollene Mitte. »Perfekt.«

Dann ist er weg. Ich kann ihn nicht hören und sehne seinen Geruch herbei, doch Timothy scheint verschwunden. Kalte Luft streift über meine nackte Haut und ich spüre, dass jemand neben mir steht. Doch es ist nicht er. Ich erschaudere und zerre an meinen Fesseln, die sich keinen Millimeter bewegen. Kalte Hände legen sich von hinten um mich herum und umfassen fordernd meine Brüste, tasten, erforschen. Ich kenne diese Hände nicht. Kleine, zarte Finger beginnen langsam, meine Nippel zu triezen, massieren, kneifen und liebkosen, bis ich erneut aufkeuchen muss. Ich bin mir absolut sicher, dass es nicht

Timothy ist, der mich berührt. Seine Hände sind größer, härter, fordernder. Diese hier sind … vorsichtig, zögerlich, abwartend. Doch es ist mir egal. Ich bin erregt und überaus bereit für alles, was kommt.

Und es kommt.

Überraschend und ohne Vorwarnung werde ich geknebelt. Kurz will ich protestieren, doch als die unbekannten Finger verheißungsvoll über meinen Bauch und meine Hüften streichen, lasse ich es geschehen und blähe meine Nasenflügel auf, um die beschleunigte Atmung zu kompensieren. Ich bin allem hier vollkommen ausgeliefert. Und ich triefe bereits, so sehr sehne ich mich danach. Einen kurzen Moment bin ich alleine in meiner Blindheit. Stumm lausche ich jedem Geräusch, das ich vernehme. Irgendjemand steht noch immer direkt vor mir. Kühle Hände umfassen mich, ergreifen meinen Hintern, massieren meinen Po und wandern interessiert an den Innenseiten meiner Oberschenkel entlang, bis sie meine Nässe spüren und kurz verharren.

Da meine Beine bereits weit gespreizt in ihren Schlaufen stecken, haben die Finger, die nun mutiger werden, leichtes Spiel. Meine Schamlippen werden auseinander geschoben. Heißer Atem trifft auf meine empfindlichste Stelle, bringt die feuchte, geschwollene Haut zum Glühen und lässt mich wimmern, als ich die Zunge spüre, die nun langsam über meine Spalte fährt.

Wer auch immer mich gerade leckt, es ist nicht Timothy. Erstaunlicher Weise erregt mich diese Vorstellung noch mehr als das Wissen, dass er irgendwo steht und mich beobachtet. So wie Abigail.

Plötzlich beschleicht mich eine perfide Idee ... was, wenn diese zarten Finger einer Frau gehören? Was, wenn sie *seiner* Frau gehören? Ich bin das Spielzeug in ihrer ganz eigenen Fantasie, soviel steht fest.

Die Zunge wird mutiger, teilt mich, saugt an mir und schiebt sich tiefer in meine Mitte, was mich erneut zum Wimmern bringt. Ich spüre die Hitze in mir und das stetige Pulsieren, das sich gleich irgendwann den Weg nach außen suchen wird.

Blind und stumm geknebelt genieße ich die Liebkosungen auf meiner glatten Haut, nehme jede noch so vorsichtige Berührung wahr und spüre alles doppelt intensiv, weil der permanente Gedanke, von einem Fremden oder gar einer Frau verwöhnt zu werden, sich definitiv nicht länger ausblenden lässt. Etwas Kaltes löst die warme Zunge ab, wird zwischen meinen Beinen angesetzt und schiebt sich nun in mich. Es dehnt mich bis aufs Äußerste und ich erzittere erwartungsvoll. Immer tiefer füllt es mich aus, während ich zuckend in meinen Fesseln hänge, blind und keuchend mit dem Knebel im Mund, der mich angenehme Sterne sehen lässt, weil ich definitiv zu schnell atme. Oh Gott, was auch immer sich gerade tief in mir bewegt, es ist kalt und vibriert und fühlt sich so riesig an, dass ich nicht glaube, es noch einen Moment länger … ich keuche dumpf auf, als sich zeitgleich ein Finger in meinen Hintern schiebt. Oh ja, es ist definitiv ein Finger, der sich jetzt langsam in mir bewegt und mich leise wimmern lässt. Ein kurzer Schlag auf meine empfindlichen Brüste, ein unterdrückter Aufschrei von mir … oh verdammt, ich komme gleich und zergehe unter dieser Penetration, ich kann einfach nicht …

Dann, plötzlich, fühle ich mich leer. Aber er ist wieder da. Ich rieche ihn und spüre, dass die kraftvolle Hand, die jetzt meinen Hintern massiert, nur ihm gehören kann. Timothy. Etwas Hartes schiebt sich erneut zwischen meine Pobacken und sein Finger massiert meinen Hintereingang, während die fremde Zunge zwischen meinen Beinen erneut ihren Rhythmus findet und mich unkontrolliert in meinen Fesseln zucken lässt. Dann stoppt sie, lässt mich ohne Vorwarnung leiden. Ich will protestieren, doch jetzt übernimmt Timothy, drängt sein vibrierendes Spielzeug in meinen Arsch und bringt mich damit gedämpft zum Stöhnen, weil er genau weiß, wie feste ich es brauche.

Auch er keucht laut auf, während er es mir besorgt und ich werde den dringenden Verdacht nicht los, dass die Zunge, die sich bisher hingebungsvoll um mich gekümmert hat, nun seine empfindsamen Stellen verwöhnt. Eine seltsame Eifersucht überkommt mich, fremd und überaus erregend.

Als hätte Timothy gemerkt, wie sehr es in mir brodelt, lässt er von meinem Hintern ab und schiebt stattdessen seine Finger in meine willig gespreizte Mitte. Einen, zwei, drei … ich bekomme nicht genug von ihm und seinen geschickten, rhythmischen Stößen. Jemand knabbert plötzlich an meinen Brüsten und ich spüre erneut diese mittlerweile vertraute Zunge auf meiner Haut, die erneut zielstrebig tiefer wandert.

Seine Finger tief in mir, die fordernden Zungenschläge einer Fremden dazwischen und die erhitzen Körper, die sich überall an meiner nackten Haut reiben, lassen mich innerlich schreien. Meine Nasenflügel beben, denn die Hitze in mir und dieser Knebel in meinem Mund nehmen mir nun jede Chance, vernünftig zu atmen. Kurz bevor ich abdrifte, werde ich erhört. Geschickte Finger befreien meinen Mund. Endlich. Endlich kann ich meine Atmung wieder kontrollieren.

Doch es dauert nur Sekunden, da schieben sich ebendiese kühlen Finger zwischen meine Lippen, erforschen meinen Mund, verteilen meinen eigenen Saft auf und in mir. Ich sauge an ihnen und schmecke meine eigene Erregung, lasse meine Zunge spielen und spüre irgendwann fremde Lippen auf meinen, die ganz sicher einer Frau gehören müssen. Doch ich keuche nur willig und lasse zu, dass ihre geschickte Zunge sich nun in mich schiebt, mit meiner spielt und sie verschlingt, während ich Timothys heißem Atem neben mir lausche und seine Finger noch immer tief in mich stoßen.

Ich bekomme nicht mit, wann er vor mich getreten und wohin seine Gespielin verschwunden ist. Doch kurz bevor ich erbebe, schiebt sich sein monströser Schwanz so tief in meinen Mund und meine Kehle, dass mir erneut die Luft zum Atmen genommen wird. Auf nichts anderes habe ich gewartet und beginne sofort damit, ihn geschickt zu bearbeiten. Ich weiß, was er mag und wie er es will. Zarte Zungenschläge sind nicht sein Ding. Timothy braucht es hart und feste und ich besorge es ihm gerne.

Ich spüre bereits das rhythmische Pulsieren in seiner Härte und weiß, dass er jeden Moment abspritzen wird. Sehnsüchtig erwarte ich ihn, diesen letzten, animalischen Schrei, bin bereit, seine Lust und Ekstase tief in mir aufzunehmen, erschaudere alleine bei dem Gedanken, ihn zu schmecken und zu solcher Ekstase zu führen. Doch dann, urplötzlich, entzieht er sich meinem Mund ich tappe im Dunkeln, bevor sich erneut etwas Kühles zwischen meine Beine schiebt und fast rücksichtslos in mich und meine Erregung stößt. Willig schiebe ich mich dieser riesigen Füllung entgegen, die sich nun immer wieder ein Stück aus mir entfernt, um Sekunden später wieder tief in mich einzutauchen. Ich reite einem unaufhaltsamen Orkan entgegen und breche in einem lauten Schrei zusammen, als sich alle Gefühle auf einmal in mir entladen. Alles in mir zieht sich lustvoll zusammen und ich surfe eine gefühlte Ewigkeit auf diesen Wellen der Ekstase, die mich voll und ganz im Griff haben.

Schlaff hänge ich kurze Zeit später in meinen Fesseln und weiß nicht mehr, wo oben und unten ist, während ich rhythmischen Geräuschen lausche, die direkt neben mir ihren Ursprung haben. Ich bin noch immer blind, doch ich weiß, wie Timothy normalerweise vögelt. Das neben mir ist anders. Irgendwie zärtlich, fast liebevoll. Das ist nicht der Fick, den er will, nicht die Art und Weise, wie er sonst auf seine Kosten kommt. Doch er zieht es durch.

Ich weiß, dass nur mein Mund ihn so weit gebracht hat, jetzt in ihr abzuspritzen. Ohne mich wäre er ein Niemand! Dieses Wissen und mein selbstbewusstes Grinsen halten mich zusammen, während er sich direkt neben mir mit einem lauten Stöhnen in jemandem ergießt, der ihn nicht glücklich macht.

Eve D. Abernathy

Die Autorin lebt, liebt, schreibt und wohnt in einem gemütlichen kleinen Dorf am wunderschönen Niederrhein, wo jeder jeden kennt und die Bürgersteige um 18 Uhr hochgeklappt werden. Deshalb veröffentlicht sie auch unter streng geheimem Pseudonym. Was sollen sonst Hase und Igel denken, wenn sie sich zärtlich gute Nacht sagen!

Während sie ihren erotischen Gedanken freien Lauf lässt, sind die Kinder längst im Bett und der Whisky glänzt golden und gekühlt in einem großen Glas, griffbereit neben der Tastatur.

So werden die Abende schnell lang und die Nächte ziemlich kurz. Aber genau so muss es sein.